Tabela e përmbajtjes

I dedicate this play to my son Klajd!

PERPARIM KAPLLANI

GENTI
MBRETI I ARDIANËVE
DRAMË

HYRJE

Viti 171 para Krishtit. Mbretëria e Ardianëve është e rrezikuar nga Ushtria e Romës, e cila në një operacion rrufe shtie në dorë 54 anije ilire. Romakët hapin çadrat buzë lumit Genesus dhe bëhen gati për të sulmuar Lissusin. Genti thërret në audiencë princin Mork dhe i shpjegon situatën, i cili i vë në dukje se kjo gjendje e rëndë vërehet gjithandej në të gjitha shtetet ilire. Mork këshillon mbretit që të lidhë aleancë ushtarake me Monunin e Dardhanëve, me Perseun e Maqedonisë dhe me Dhimitrin në ishullin e Rodit, përndryshe llava romake do të përfshinte dhe shuante gjithçka.

Genti afrohet me Monunin, duke i kërkuar vajzën për grua, por aty del një e papritur. Etleva është në dashuri me të vëllain e tij Platorin. Çfarë ndodh ndërmjet dy vëllezërve dhe a krijohet aleanca me Dardhanët, Maqedonët apo Dorët? Në faqet e kësaj drame bëhen sadopakëz përpjekje që të shkundet pluhuri mijëravjeçar i historisë dhe të rrëfehet me dialogë të gjallë e plot emocion se çfarë ndodhi me Ilirët në luftën e tyre të pabarabartë me ushtrinë romake, njëra nga superfuqitë më të pathyeshme të asaj kohe.

PERSONAZHET

GENTI (*Mbreti Gent i Ilirisë, biri i mbretit Pleurat, që zëvendësoi në fron Teutën. Ka mbretëruar në vitet 185-169 para Krishtit.*)

Një burrë rreth tridhjetë vjeçar. Mbreti Gent është shtatlartë dhe i pashëm, me flokë të prerë shumë shkurt dhe me një vështrim të kthjellët që shikon nga ardhmja. Është njeri impulsiv dhe i ndjeshëm, që merr vendime të çastit, por që në fund përpiqet të dëgjojë zërin e arsyes. Genti vë mbi të gjitha interesin e Ardianëve të thjeshtë, kur heq dorë nga froni dhe i kërkon Kuvendit të Burrave që të pranojë dorëheqjen e tij. Për Gentin nuk ka aleancë të vërtetë me Dardhanët, nëse vihet ne pikëpyetje dashuria e tij për të vëllain Platorin.

PLATORI (*Vëllai i mbretit Gent, i dashuri i Etlevës*)

Një vit më i vogël se i vëllai Genti dhe që ngjan si dy pika uji me të. Ka rënë në dashuri me Etlevën, të bijën e Monunit, mbretit të Dardhanëve. Është njeri romantik me ëndrra të bukura për jetën. Dashuria e tij për Etlevën është aq e zjarrtë dhe platonike, saqë ai nuk pranon këshillën e të vëllait, që të ndahet prej saj për hir të atdheut. I vendosur në ëndrrën e tij për ta bërë realitet, Platori nuk bën dot kompromis me ndjenjat. Ai përballet me Gentin, por vihet para një sfide të re. Genti i ofron kurorën për të siguruar aleancën me Dardhanët, por as kjo përpjekje e të vëllait nuk ja ndryshon mendjen.

MORK (Princi Mork, komandant i kështjellës së Rosujës)

Një burrë rreth të dyzetave. Njeri shumë i arsyeshëm dhe njerëzor. Është fjalëpakë, por ndërhyn me vendosmëri aty ku duhet. I ngjit fjala dhe ka një fuqi magjike për t'i bërë të gjithë njerëzit që ka përreth, që ta dëgjojnë me durim dhe respekt, ndonëse mendimet e tij janë në kundërshtim me opinionin e shumicës. Këshillat e tij janë shumë të vyera, por jo gjithmonë merren parasysh nga mbretërit dhe komandantët ilirë. Është sypatrembur dhe njeri i besës. Lufton gjer në vetëmohim për kauzën në të cilën beson-bashkimin si një trup i vetëm dhe luftën gjer në fund kundër Romës.

ETLEVA *(Vajza e mbretit Monun)*

Rreth njëzetepesë vjeçe. Vajzë e dlirë dhe me shpirt të pastër, e cila beson në dashurinë e sinqertë dhe të vërtetë me Platorin. E lidhur shumë pas të atit, mbretit Monun, ajo vihet në një pozitë shumë të vështirë shpirtërore që të braktisë dashurinë për Platorin e të lidhet me Gentin, për hir të atdheut dhe fjalës së babait. Një vajzë fisnike që nuk i vë gur zemrës dhe nuk pranon të bëjë sakrifica kaq të mëdha, për hir të një kauze të ashtuquajtur më të madhe, siç është ajo e bashkimit të ilirëve në një shtet më të madh dhe më të fuqishëm.

MONUNI (*Mbreti i Dardhanisë, babai i Etlevës*)

Është një burrë plak rreth të gjashtëdhjetave. Udhëheqës i shquar dhe mendimtar i thellë. Njeri me vështrim nga e ardhmja dhe virtyte shumë të mira, që e ka për detyrë të shenjtë mbrojtjen e atdheut. Të vetmen dobësi që ka është vajza e tij e vetme Etleva, së cilës i bën presion që të martohet me mbretin Gent, përkundër dëshirave të saj të vërteta. Në dyluftimin e brendshëm shpirtëror ndërmjet babait dhe udhëheqësit, fiton ky i fundit.

ANICIUS GALLUS *(Komandant i Ushtrisë së Romës)*

Është rreth të pesëdhjetave. Komandant i paepur dhe strateg ushtarak. Dinak kur ja kërkon situata. Shumë i zoti në luftë, që nuk njeh asnjë kompromis me kundërshtarin. Natyrë e ashpër dhe krenare, që nuk sprapset nga humbjet dhe përdor çfarëdo lloj mjeti për arritjen e fitores, qoftë edhe jashtë fushës së betejës.

PLEURATI *(Babai i Gentit, Platorit dhe Karavantit)*

Rreth të shtatëdhjetave. I lodhur nga luftërat dhe konfliktet Pleurati
është tërhequr nga jeta politike dhe numëron në heshtje ditët që i kanë
mbetur. Në një moment vendimtar, Pleurati nuk vendos dot se cilin nga
djemtë duhet të përkrahë në Kuvendin e Burrave. Parapëlqen që të flasë
gjithnjë i fundit.

APPIUS CLAUDIUS (komandant romak)

Rreth të dyzetave. Eshtë shtatlartë dhe hijerëndë. Strateg lufte, që e njeh situatën në gishtat e dorës. Një nga njerëzit më të besuar të Gallus. Njeh traditën dhe zakonet ilire dhe këto njohuri përpiqet t'i shfrytëzojë sa më mirë, kur dërgohet nga Gallus si emisar në mbretërinë e Ardianëve.

(OLIMPI, KARAVANTI, PLEURATI, PANTAUKU, ADAEUS, BERO, TEUTICUS, BALA- komandantë ilirë)

AKTI I PARË

PROLOG

Kampi Romak buzë lumit Genesus. Komanda e Forcave Romake. Gallus dhe Claudius.

Me qindra ushtarë të Romës në fushim pranë çadrave të panumërta buzë vijës së lumit Genesus (Shkumbinit të sotëm). Dëgjohet një trumpetë luftarake, pastaj disa komanda në latinisht. Komandanti Gallus është një burrë rreth të pesëdhjetave. Mban në kokë një helmetë bronzi, të zbukuruar me një kurorë të kuqe dhe në trup një këmishë të hekurt. Natyrë e ashpër dhe krenare. Studion me kujdes hartën e hapur mbi tavolinë, ndërsa në çadër hyn Claudius.

Claudius merr qëndrimin gatitu para eprorit të vet, por Gallus ia bën me shenjë që të qetësohet. Mbi helmetën e Claudius vërehet një kurorë me qime kali në ngjyrë të bardhë në të verdhë. Mbi këmishën e hekurt (tunikën) ka vënë gjashtë dekorata, në të cilat bie në sy njëra me fytyrën e Cezar Augustit. Përreth qafës ka hedhur një shall të kuq që e mbron nga fundi i helmetës. Në krahun e majtë i varet në mill shpata me dorezë fildishi.

Gallus Claudius, miku im! Si po duken punët?

Claudius Përgatitjet po shkojnë shumë mirë. Kanë zbarku me qindra trupa të freskëta gjer natën vonë e tash po pushojnë në fushimin që kena ngritë përgjatë bregut të lumit.

Gallus Kurrë nuk ma kishte pritë mendja që Genti do të prishte aleancën me Romën. Tash ka me e pa se ka ba gabimin ma të randë në jetën e vet. Kto lojna të tij duhet me marrë përgjigje sa ma shpejt.

Claudius Kena shti në dorë 54 anije të Gentit, që ishin të ankorume në gjiun e Epidmanusit.

Gallus Pesëdhetekatër?

Claudius Po.

Gallus Shumë bukur!

Claudius Nuk e kuptoj, se pse gjithë kjo kokëfortësi me na u kundërvanë, kur fare mirë mund të bajshin aleancë me na, si baba i vet Pleurati.

Gallus E çuditshme asht se çka do bajë Genti me ata grusht burrash. Të kam thirrë me fol bashkë, si me mujt ta pushtojm Lissusin. Lissusi dhe Shkodra janë dy qytete të randsishme ku Genti shtyp monedhat e veta prej bronzi.

Claudius Duhet me i pre rrugët e furnizimeve sa ma shpejt. Pa ushqim dhe pa ujë, keshtjella e Lissusit do të bjerë mrena pak ditësh në durt tona.

Gallus Për ktë duhet me vendos trupat në veri, se jugu ma në fund asht i sigurum. Por duhet me pas parasysh se Ardianët muj me marrë përforcime nga Dardhanët dhe Maqedonët. Niqoftse Ilirët arrijnë t'i bashkojnë forcat, atëherë Ushtria jonë mund të bahet cak i sulmeve të tyne dhe të na zmbrapsin.

Claudius Tash asht nandor! Bora ka fillu me ranë dhe do të bajë shumë ftohtë. Duhet me e përfundu rrethimin para se me hy dimni!

Gallus Asht e pamundun! Te tana përgatitjet për luftë duhet me u ba në fshehtësinë ma të plotë. Ndoshta duhet me fitu pak kohë. Mendoj të dërgoj nji emisar tek Genti, që të heqë dorë nga komploti kundër Romës. Duhet me ja kujtu që baba i vet ka qenë aleati ynë dhe nuk ban mirë me na e drejtu ushtën në gjoks.

Claudius Nuk asht ide e keqe. Kë menon se mund të dërgosh atje?

Gallus E kush ma mirë sesa ti, e ban kët detyrë? Ti ke pas kontakte edhe ma përpara me njerzit e Gentit. Ua njef zakonet dhe traditat dhe din si të flasësh me ta.

Claudius Hm! Ty të falemnderës për kto merita që po m'i vë në dukje. Vërtet mendon se Genti mund të heqë dorë nga planet e veta për kryengritje kundër Romës?

Gallus Na bajmë punën tonë! I dalim edhe njiherë borxhit. Ti si thua?

Claudius Jam gati që të nisem qysh sonte! *Merr qëndrim gatitu në shenjë respekti.* Gallus i afrohet dhe i rreh shpatullat me miqësi.

Gallus Baja të kjartë se kjo asht hera e fundit që komunikojmë me të.

Claudius *Përsërit me vete.* Hera e fundit! *Errësim.*

SKENA I

P*amje nga brenda e kështjellës së Shkodrës. Është mbrëmje vonë. Mbreti Gent dhe Princi Mork.*

Zjarret e flakadanëve ndriçojnë sallonin mbretëror. Shikojmë mbretin Gent të Ilirisë në të majtë të skenës, ndërsa bën tre-katër lëvizje të zhdërvjellëta me shpatë. Mbreti Gent është një burrë rreth të tridhjetave dhe shtatlartë. Mban të veshur një përkrenare hekuri në kokë, ndërsa në trupin muskuloz ka veshur një parzmore të qëndisur me fij argjendi dhe poshtë parzmores i duket këmisha e bardhë me mëngë të gjata dhe xhamadani prej leshi. Bën një rrotullim, sikur të priste kokën e armikut dhe e fut shpatën në këllëfin prej lëkure, që kalon përmes brezit të leshtë, të stolisur me disa vija mëndafshi shumëngjyrëshe. Tirqet e ngushta prej shajaku e tregojnë edhe me shtatlartë, dhe me të fuqishëm. Në këmbë mban opinga me xhufka. Në të djathtë të skenës ndodhet froni mbretëror, një ndenjëse e veshur me lëkurë delesh. Një tryezë e rrumbullakët prej druri ulliri është vendosur në qendër, përreth së cilës janë vendosur stola, në formën e trungjeve të prerë. Mbi tryezë është lënë kurora mbretërore dhe spektri i Mbretit, një shkop druri i punuar artistikisht, i cili në vend të dorezës ka një kokë të gdhendur gjarpëri.

Në sallonin mbretëror hyn princi Mork, një burrë shtatlartë dhe i bëshëm, me hije të rëndë. Princi Mork është një burrë rreth të dyzetave, me flokë sterr të zinj që i shkojnë gjer në mesin e shpatullave. Ka një palë mustaqe të gjata dhe të përdredhura; vetulla të trasha dhe të ngrysura, por që nuk e fshehin dot shpirtin e tij bujar dhe mendjen e zgjuar. Vështrimi i tij i kthjellët dhe njerëzor të bën për vete që në çastin e parë, kur hyn në skenë dhe përkulet gjer në gjunë për të përshëndetur mbretin, duke vënë dorën e djathtë në zemër. Princi Mork duket disi paksa i hutuar, që është thirrur në audiencë nga vetë mbreti, por përpiqet të mos e japë veten, duke u përmbajtur në mendimet e veta. Mbreti heq përkrenaren e luftës dhe vë mbi krye kurorën e stolisur me diamantë shumëngjyrësh. Kur mbreti Gent i afrohet me respekt dhe e kap nga krahu i djathtë për ta ngritur, Mork ndjen një lloj lehtësimi në shpirt.

Mork Naltmadhnia e juej!

Genti Oh, Mork! Ç'të reja kena nga Epidamnus?

Mork Gjendja asht shumë keq. Romakët na kanë zaptu të tana anijet që kishim në mol, me pretekstin se asht kap njana prej tyre, duke ba pirateri në anën tjetër të Adriatikut. Brenda javës kanë sjellë shumë përforcime dhe po bajnë përgatitje për luftë. Claudius të ka çu fjalë se do me të taku në Lissus.

Genti E ç'ka don Claudius?

Mork Nuk di se çfarë me të thanë. Ma do mendja, se do me t'kujtu miqsinë e vjetër.

Genti Nuk ka ma miqsi pas gjithë atyne shkatrrimeve! Të tana anijet na i kan grabitë e tash po na drejtojnë dorën e miqsisë?!

Mork Mirë asht me ja thanë në sy që po veprojnë pas shpine!

Genti Shkoj e takoj unë! Nuk më pengon kurrgja.

Genti ulet në krah të tryezës dhe fton Morkun të ulet përballë tij. Hap me padurim një hartë të kohës dhe tregon me gisht në një pikë të shenjuar me rreth të kuq.

Kena shumë pak forca. Jena nji grusht njerëzish dhe kena nevojë për përforcime. Romakët mund të sulmojnë Lissusin.

Mork Të tanë jena në rrezik! Mbretnia e jonë! Mbretnia e Dardhanëve. Maqedonia në lindje dhe Rodi në jug!

Genti psherëtin thellë, i thyer shpirtërisht. Fërkon fytyrën me duar, si për të larguar disi mendimet e errëta që e kanë kapluar

Genti Çka po don me thanë, kur po i përmend të tanë kta?

Mork Du me thanë, që duhet me ba marrëveshje luftarake!

Genti Marrëveshje me kën? Ku ka burrë në botë me ja mbush mendjen

Monunit dhe Perseut? A ka njeri që mund ta marrë përsipër me shku e me fol me ta?

Mork Nuk di ça me t'thanë! Niqoftse ti don ta marrë dikush përsipër, të duhet nji njeri besnik dhe i squt, që i njef kto punë.

Genti i afrohet dhe e shikon me ngulm në sy.

Genti Ti e ke fqinj Monunin! Si i bahet me u ba mik me te?

Mork picërron sytë dhe hedh vështrimin e tij të menduar nga bedenat e kështjellës.

Mork Me i marrë gocën për grue!

Genti çohet në këmbë dhe vjen vërdallë tryezës.

Ka një vashë si drita e syve! Unë kam pas rast me marrë pjesë në nji dasëm, që e bani nji nga komandantët e Monunit, që e kishte shpinë ngjit me kështjellën teme. Aty e kam pa me sytë e mi se çfarë bukurie asht.

Gent *I entuziazmuar në kulm* Pash atë zot më kallxo!

Morku i afrohet dritares së kështjellës, duke i kthyer shpinën mbretit.

Mork Ashtë e gjatë pothujse sa ti! Ka dy të kaltër, si me i pasë e me i shkëputë prej kupës së qiellit. E ka belin si gishti im i unazës. Kur flet, i bahen dy gropëza në faqe. Lëkurën e ka të bardhë si dëbora i bjeshkëve të Bujanit. *Kthehet me fytyrë nga mbreti.* Bukuria e Etlevës...

Genti Pa shif! I dike edhe emnin!

Mork Po qysh jo! Me mujt e kisha marrë për vete, por unë jam shumë i vjetër për të. Bukuria e saj nuk asht dhe aq e randësishme, sesa lidhja familjare që ke me krijue me mbretit Monun. Dardhania dhe Mbretnia e Ardianëve kanë me u ba nji! Këto dy mbretni për herë të parë ni historinë tonë do të bashkohen pa gjak. Perandorisë së Romës ka me i hy frika në palcë.

Genti Besa, plan i mirë po më duket. Po kush mund të bahet shkes tek Monuni? Unë s'njof njeri tjetër ma të përshtatshëm se ti!

Mork habitet. Me një ndjenjë kënaqësie në fytyrë përulet para mbretit, por mbreti i bën shenjë të ngrihet.

Mork Do ishte nderi ma i madh për mu me i shërby natlmadhnisë suj në këtë detyrë fisnike. Jam gati të shkoj qysh tash me i kërku dorën e vajzës së Monunit për ty, o mbret i Ardianëve dhe i të gjithë Ilirëve përreth.

Genti A ban me e nisë qysh nesret?

Mork Nuk ban!

Genti Pse ashtu?

Morku Ka nji qashtje që duhet me e zgjidhë. *Pauzë! Heshtje e rëndë, e cila thyhet përsëri nga Morku, ndërsa Genti dihat rëndë dhe i bie tryezës me gishta nga padurimi që e ka zënë.*

Genti E cila asht ajo qashtje?

Mork Duhet me e ftillue këtë punë mirë e bukur, qysh në fillim, përndryshe mund të na dalin yçkla ma vonë, që nuk do t'i ketë qejf askush.

Genti Çfarë përshembull?

Mork Duhet me zbulu planet e Monunit! Po sikur ai t'ia ketë dhanë fjalën për vajzën ndonji princit të vet? Na shkon tan mundimi huq! Mbasandej ka edhe nji gja tjetër.

Genti Çfarë asht ajo?

Mork Po sikur vasha, rujna zot, me dash ndonji tjetër, ç'ka do bahet mbasandej?

Genti Nuk e di pse e vret kaq shumë mendjen, he burrë i dheut! Niqoftëse Monuni ja ka dhanë fjalën e nderit ndonji princi nga mbretnia e vet, qashtu qoftë me u ba! Ne nuk ka pse u hidhnona e s'ka pse me e prishë qejfin. Na mundohena për të mirë, por do të bahet ajo që ka shkrujt Hylli, mbreti ma i parë i të gjithë ilirëve.

Mork Ta zemë sikur vajza të ketë ndonjë tjetër, ndonji të dashur të fshehtë që nuk e din askush, atëherë duhet me gjetë ndonji mënyrë tjetër me ba aleancë. Nuk janë aq të kollajta kto punë! Më fal që po ta them, por unë nuk jam i mprefun për ksi punësh. M'u ma mirë më ço në fushë të betejës me shpatë në dorë, sesa me u marrë me shkuesina!

Genti Shpata asht kollaj, por unë nuk di ndonji princ tjetër, që njef aq mirë të dyja palët. Edhe kështjella jote asht bash m'u në kufi me mbretninë e Dardhanëve. Duket sikur vetë zoti e ka caktu me dorën e vet që pikërisht ti të merresh me këtë punë. Sa për atë se bahet a s'bahet kjo krushqi, nji gji di me t'thanë. Nuk ka kurrgja të keqe me guxu. Edhe vetë Monuni ka qenë në grindje të vazhdueshme si me Romakët, ashtu edhe me Maqedonët. Edhe atij do i ketë ardhë në majë të hundës e besoj se edhe ai mendon vazhdimisht me thur aleanca. Sa për vajzën, ajo do të bajë siç vendos baba i vet.

Mork Ashtu qoftë Po çfarë dhurate t'i bajmë mbretit? A mendon se atje do të shkoj duarthatë?

Genti Kam mendu nji dhuratë të veçantë, që nuk ja ka ba askush gjer më sot.

Mork *Afrohet me kureshtje* E ç'ka asht ajo? Ndonji qyp me monedhat e tua prej floriri? Mos kujto se Mbreti Monun do të blihet lehtë.

Genti Më ler të mbaroj. *Heshtje* Ti e din që unë marr vesh nga bimët mjekësore.

Mork E di!

Genti Monuni asht gjashtëdhjetë vjeç e kusur! A vuan ai nga ndonjë sëmundje?

Mork Me sa di unë, jo!

Genti A ka pasë ndonji problem me zemrën? Si ka qenë me shndet këto kohët e fundit?

Mork *I menduar* Nuk ka dalë shpesh nga kështjella. Asht hap llafi se ndihet i dobët fizikisht.

Genti *Buzëqesh triumfalisht. Afrohet tek tryeza dhe nxjerr prej sirtarit të saj një tufë bimësh medicinale të thara.* Këto bimë i kam mbledhur vetë në mal. Kanë nji veti shëruese që e përforcojnë punën e zemrës. Nëse ti ndihesh i lodhur dhe i këputur, kjoi bimë, që quhet "sanë" po ta ziesh mirë dhe t'ia pish langun të ban shumë mirë. Nja dy tufa të tilla du që t'ia dërgosh në shenjë miqësie aleatit tonë të ardhshëm Monunit! Si mendon ti?

Mork *Afrohet më kërshëri dhe i merr erë tufës me lule të thara.* Asht nji dhuratë shumë e veçantë. Po më pëlqen shumë!

Genti Nuk do të jetë vetëm kjo dhuratë. Mund t'i dërgoj edhe disa monedha, thjesht për t'i tregu se ku kemi arritë ne me tregtinë. Disa monedha bronzi me figurën e perëndisë Redon dhe këto të tjerat, ku janë gdhendur emri im dhe anija liburne. Apo t'i dhuroj këto monedha të vjetra, ku asht gdhendë koka e Zeusit?

Mork Mbreti asht mbret, por dhuratat i pranon me shumë kënaqësi ngado që t'i vijnë. Të gjitha këto që ke mendu janë dhurata shumë të mira, por duhet edhe ndonji gja tjetër ma e veçantë. Po sikur t'i dhurosh kët bustin e perëndeshës Afërditë. Asht nji figurë e përkryme me këtë kurorë hyjnore që ka mbi flokët e derdhun dhe me këtë fustan që i shkon gjer në fund të kambëve.

Genti Pse jo? Kët punim të derdhun në tjegull e kanë gjetë ushtarët tanë në nji faltore pranë liqenit. Po me dërgu ndonji varëse apo vathë për vajzën, a ban apo asht shumë lehtë më dhuru do sene të tilla?

Mork Ka kohë për ornamente dhe gjana të tjera zbukurimi. Tash le të mendojmë se kur me shku atje dhe çfarë rruge të nisem.

Genti Shko nji herë në keshtjellën tande rë Rosujë e prej andej merr dy ushtarë me vete e shko si mik tek Monuni!

Mork Po nisem qysh sot atëherë!

Genti Sa ma shpejt që të jetë e mundur, se nadje herët do të jetë shumë vonë.

Mork Fjala jote në vesh të Zeusit, o mbret i Ardianëve!

Mbyllet perdja.

SKENA II
Kështjella e Lissusit. Genti, Karavanti dhe Claudius

Bedenat e kështjellës së Lissusit. Gjysëm vëllai i Gentit- Karavanti ndjek i shqetësuar përgatitjet për luftë. Flokët e gjatë dhe të derdhur dhe mjekrra e parruar e tregojnë edhe më të madh në moshë. Një hije vrarëlije në fytyrë ja thekson akoma më shumë pezmin që ndjen për situatën e pragluftës. Në mes të skenës ndodhet një tavolinë ovale dhe përreth saj disa stola prej druri në formën e trungjeve të prerë. Në krye të tavolinës është e vendosur një karrige mbretërore e zbukuruar me ornamente. Në qoshen e majtë të skenës ndodhet vatra e oxhakut, në të cilin xixëllojnë nga flakët drutë e sapondezur. Në mur janë varur disa monedha bronzi dhe argjendi. Dëgjohen zhurmë hapash në korridor. Karavanti kthehet menjëherë me fytyrë nga krahu i majtë i skenës, nga ku futet Genti. Karavanti ulet në gjunjë për ta përshëndetur, ndërsa Genti i rreh shpatullat në shenjë falenderimi. Sapo Karavanti çohet në këmbë, Genti e përqafon përzemërsisht.

Karavanti Mirseerdhe në Lissus, vlla!

Genti Mirse të gjeta, Karavant! A ka ardhë Perseu?

Karavanti Perseu e shpura e tij kanë mbrritë qysh mbramë në Lissus. Po pushojnë në Kullën e Miqve. Po çoj dikënd që ta lajmërojë. Genti pohon me kokë. Roje! Një ushtar hyn brenda. Lajmëro miqtë nga Maqedonia të vijnë. Roja pohon me kokë dhe del.

Genti A mbaroi rregullimi i murit rrethues?

Karavanti Kena dhe do pak punë në shpatin perëndimor të kodrës pranë bregut të majtë të lumit Drin.

Genti Ngrini nga nji kullë në sejcilin mur! Po fusha si do mbrohet?

Karavanti Do të ngrejmë nji tjetër mur në krah të lumit.

Genti Me Maqedonsit dhe Dardhanët mund të bahena gjer në 15 mijë luftëtarë të armatosun.

Karavanti Shenjat duken të mira, por duhet me spastru zonën përreth nga do armiq të vegjël. Me njimij kambsor dhe 50 kalorsa do shkatrroj fiset Cavi, por do kena problem me Basanian.

Genti Basania nuk asht veçse pese milje larg. Ktyne miqve të pushtusve u bie vetë hakut me pesë mijë ushtarë.

Karavanti A mendon të dërgosh anije të tjera për me sulmu Epidamnus?

Genti Tetë anije besoj janë mjaft kundër Epidmanus dhe Apollonisë së bashku. *Psherëtin thellë.* Shikon me admirin gurët e murit rrethues. Gjithmonë ky qytet qindra vjeçar i Pirustëve më ka ngjallë nostalgji. Më duket sikur shikoj hijen e Batos plak, teksa kalëron me shpatë në dorë përmes fushës së luftës. Genti nostalgjik ndalon këmbët para një punimi në mermer të bardhë, ku është gdhendur Erosi, hyu i dashurisë. Erosi ka hapur krahët dhe duket sikur fle!

Karavanti Ngre një amforë të mbushur me verë dhe ja ofron të vëllait, duke mbajtur në dorën tjetër një kupë të vogël prej balte.

Genti Ç'asht kjo lule shege e gdhendun në amforë?

Karavanti Qesh me të madhe. Ti e din se çka asht, por thjesht do me vanë në provë njohuritë e mia. Kjo amforë ka ardhë ktu nga nji tregtar i Rodit. Po na kena nji pronar vendas ktu me emrin Suri, që ka kriju nji amforë me emrin tand. *Karavanti ngre një amforë tjetër dhe ja tregon. Amfora ka të gdhendur emrin e Gentit. Genti ekzaltohet kur e shikon.*

Genti Shumë e bukur kenka! Pauzë. Si po shkon puna në punishten e monedhave?

Karavanti *I entuziazmuar afrohet pranë vatrës së oxhakut dhe merr nga muri dy monedha që ishin varur më parë atje.* Ma mirë, prishet! Ja figura e Zeusit me trekandësh! Kena dhe dy vizatime të tjera: kjo e Artemisit, duke hedhur rrufe ose figura e dhisë. Hyu i detrave Redoni asht nji tjetër imazh, që ju propozoj me e përdorë. Në faqjen e pasme të monedhës mund me përdorë nji anije liburne të Labeatëve.

Genti Tash po më vjen era shtet! Nuk janë vetëm Romakët apo Helenët që dinë me pre monedha. *Në skenë hyn njëri nga rojet.*

Roja Natlmadhnia e juj. I dërgumi i Romës Glaucus kërkon të flasë me ju.

Genti Lëre të hyjë! *Në skenë hyn Glaucus.*

Glaucus Ulet në gjunjë me nderim dhe çohet në këmbë. Mirësejugjeta, mbret i nderuar!

Genti Mirseerdhe Glaucus! Cfarë të zezash po na sjell?

Glaucus Meqë po pyet për të zezat, po hyj drejt e në temë. Senati asht zemëru tmerrëisht me Ju.

Genti E di! Pesëdhetekatër anije na i keni marrë pas shpine, për gjatë të gjithë natës, pasi na keni vra edhe rojet. Thjesht: na keni shpallë luftë!

Glaucus Ishit ju, që e prishët marrëveshjen. Komandanti ynë i përgjithshëm Anicius Gallus ju ban thirrje që të vini në Senat dhe për çdo gja që të keni, ta zgjidhim bashkarisht.

Genti Ju nuk pritët me e zgjidhë bashkarisht. Nuk na keni lanë kohë as të mbrohena. Gallus nuk asht më në pozitë me diktu aleancat.

Glaucus Shpresoja në urtësinë tuj, por siç duket hakmarrja jua ka prishë gjykimin.

Karavanti *Ndërhyn i nervozuar* Si asht e mundun, që vrasësi gjithmonë thërret që të kapet vrasësi?!

Glaucus *Me përçmim* Po ky kush asht? A ka mundsi me bisedu kokë më kokë?

Genti Ky asht im vlla, Karavanti!

Glaucus *Me ironi* Po do me thanë "gjys-vllai", që nërhyn si gjysmagjel. Ky asht vllau prej babe apo?

Genti *Çohet i revoltuar* Unë nuk baj dallim nga vllaznit. Nuk kam çfarë me të thanë tjetër. Do shihena në fushën e luftës!

Glaucus Nji tuf të pagdhendurish po kujtojnë se do t'i bajnë ballë Ushtrisë së hekurt të Romës. Vetëm me dhjetë elefanta të luftës do t'ju vejmë përpara e keni për të hikë nga sytë kambët.

Genti Ilirët luftojnë gjer në pikën e fundit të gjakut. Nuk dorëzohen aq kollaj sa kujton ti apo dikush tjetër.

Glaucus Nuk po ju nënvleftësojmë. Do ta kemi parasysh informacionin tuaj. Anicius ka sjellë në Apolloni dy legjione, të cilat përbahen nga 600 kalorsa dhe 10,400 kambsorë. Mbi 800 kalorsa të tjerë dhe10,000 kambsorë do të vijnë nga aleatët. Flota jonë numëron rreth

5,000 marinarë. Parthinët që janë Ilirë si ju do të na furnizojnë me 200 kalorsa dhe 2000 kambsorë. Të tana këto forca do ta kthejnë raportin në dy me nji në favorin tonë. Tash zgjidh e merr.

Genti Ne e kena ba zgjedhjen. Lissus nuk jepet pa luftë.

Glaucus Në qafë paci veten!

Genti Atë do ta shohim. *Glaucus del. Genti psherëtin thellë. Muzikë dramatike. Errësim.*

Skena III

Pamje nga brenda e amfiteatrit të Sintias, në afërsi të Shkupit. Në tribunë është ulur mbreti Monun, i cili ndjek dyluftimin e rradhës. Është mesditë. Vizitorët nga të gjitha trevat e Ilirisë duartrokasin dhe brohorasin veprimet luftarake të të dy gladiatorëve.

Në krahun e majtë ndodhet tribuna, në të cilin janë ulur mbreti Monun, një plak rreth të gjashtëdhjetave, i thinjur dhe me mjekër. Në kokë mban kurorën mbretërore, ndërsa në krahun e djathtë spektrin. Monuni ka veshur një këmishë me mëngë të gjata, mbi të cilën ka hedhur një xhamadan pa mëngë. Ka veshur tirqe të zeza shajaku, ndërsa në këmbë ka opinga me xhufkë.

Gladiatori enigmatik është një burrë shtatlartë dhe i bëshëm. Në kokë mban një përkrenare hekuri. Është i veshur me tirqe shajaku, ndërsa në trup mban të veshur një parzmore hekuri. Gladiatori e shtrin përdhe tjetrin, por nuk e vret. Nga të gjitha anët dëgjohen thirrjet "Vrite, vrite!" Mbreti Monun ul gishtin e madh të dorës poshtë! Gladiatori ia vë shpatën në gjoks të mundurit, por në fund e fal. (Pikë muzikore e fuqishme.) Dy skllevër të tjerë hyjnë me shpejtësi dhe e ndihmojnë të plagosurin të dalë nga skena. Gladiatori ulet në gjunjë para mbretit dhe heq maskën.

Monuni Çohu në kambë! *Mork çohet në këmbë, duke e parë mbretin drejt e në sy në shenjë respekti dhe nderimi.*

Monuni Si ta thonë emrin?

Mork Mork.

Monuni Nga vjen ti?

Mork Nga Shkodra.

Monuni Qofsh shndosh, Mork! Ky emër seç po më kujton Kështjellën e Rosujës...A mos je ti komandanti i Rosujës?

Mork Unë jam!

Monuni Nuk ka si shpjegohet ndryshe forca e krahut tand dhe vendimi yt për ta fal kundërsharin.

Mork Jam i nderum kur ndigjoj një vlersim të tillë nga vetë goja e mbretit.

Monuni I nderum qofsh! Ç'erë e mirë të ka sjellë në kto anë?

Mork Mbreti Gent i Ardianëve të çon të fala! *Bën me shenjë nga krahu i djathtë i skenës. Afrohet një luftëtar shoqërues Ardian, i cili hap një arkë të madhe prej druri dhe nxjerr prej andej një e nga një dhuratat për mbretit Monun.* Ai të ka çuar dhe do dhurata me të shpreh ndjenjat e tij ma të mira ty dhe popullit tand! Këto dy tufa bimësh të thame, janë bimë sane, që bajnë për kurimin e zemrës. Nëse ke dhimbje zemre apo plogështi, mund të zjesh me ujë valë dhe t'i pish langun.

Monuni Shume e vlefshme kjo dhuratë! Më bahet qejfi që Mbreti Juj po don t'kujdeset për shnetin tim.

Mork Ka aq shumë veti shëruse, sa njerzit kanë fillu ta qujn me emnin e Mbretit tonë, Gentiana! *Morku vazhdon të nxjerrë dhurata të tjera nga arka.*

Monuni Po kto monedha ç'ka janë?

Mork Edhe kto janë dhuratë nga mbreti ynë Genti! Kto monedha prej argjendi kanë fytyrën e mbretit nga njana anë dhe në anën tjetër figurën e anijes së shpejtë liburne. *I dhuron një grusht me monedha në një kuti prej kristali, të cilin Monuni e merr në dorë dhe e shikon me kërshëri dhe ëndje.*

Monuni Ty të falemnderës e mbretit tuj ju rritt ndera!

Mork nxjerr nga arka bustin e perëndeshës Afërditë.

Po kjo ç'ka asht?

Mork Kjo asht perëndesha Afërditë, që sjell dashni mes njerzve.

Monuni Jam i nderum nga tanë kto mirësina që na ke sjellë. Sonte je i ftum në kështjellën teme. A ban me e ditë se për çfarë i ban tanë kto dhurata Genti i Ardianëve?

Mork Burrat flasin hapur dhe shofin drejt e në sy! Kështu që o mbret i madh dhe i gjithpushteshëm, unë kam nderin me të sjell prej Gentit të Ardianëve një kërkesë shumë të veçantë.

Monuni Po të ndigjoj me shumë kureshtje. Folë siç ta don zemra.

Mork Ka ardhë koha me përzanë Romën nga Epidmani dhe Apollonia. Genti mendon që nji aleancë e fuqishme e Ardianëve dhe Dardhanëve mund ta hedhi në det ushtrinë e hekurt të Romës. Bashkimi ban fuqinë. Mbretnia e Ardianëve dhe ajo e Dardhanëve për herë të parë në histori do të bahen nji. Mes nesh nuk do të ketë ma kufi dhe popujt tanë që flasin të njajtën gjuhë e kanë të njajtat zakone do të shkrihen në nji! Ju mund ta shisni kripën tuj në të katër anët e mbretnisë së Ardianëve, kurse na do të krijojmë nji monedhë të përbashkët, të cilën do ta prodhojmë me argjendin e minierës tuj në Damastion.

Monuni E si mendon Genti me e ndërtu kët aleancë?

Mork Mbreti Genti kërkon dorën e vajzës tuj Etlevës! *Pikë muzikore e fuqishme. Monuni shtanget. Përpiqet të marrë veten. Vështron rrethepërqark sikur kërkon ndonjë këshillë nga dikush, por ajo këshillë i mungon.*

Monuni Nuk të ndiva mirë! Si the? Genti kërkon dorën e vajzës time për gru?

Mork Po!

Monuni Po më vjen pak si e papritun kjo krushqi e re!

Mork Asht gjaja ma e mirë që mund të ndodhë për vashën Tuj! Për Ardianët dhe Dardhanët! *Pauzë* Niqoftëse ka ndonjë princ dardhan, që ja ka rrëmby zemrën....

Monuni Jo, jo! Nuk ka kurrfarë princi!

Mork Nëqoftëse ke ndërmend me e dhanë vashën në ndonji derë tjetër të nderume...

Monuni Jo, nuk kam kurrgja në mend!

Mork Nëqoftse don me i marrë mendimin bijës suj njiherë, para se me dhanë fjalën...

Monuni Vasha ban ç'ka thotë baba! Kjo asht tradita e Dardhanit! *Mendohet! Çohet në këmbë dhe hedh vështrimin larg.*

Mork Nuk ka pse me dhanë përgjigje tash! Fol njiher me vashën! Unë të pres!

Monuni Nuk ka çfar me pritë! Qoftë punë e kryme! *Pikë muzikore e fuqishme!*

Mork *Përkulet me respekt para Monunit.* Kjo asht gjaja ma e bukur që kam ndigju që tash sa kohë! Po ja çoj lajmin Gentit qysh sonte!

Monuni Sonte nuk ke për të hik askund! Je mik në kështjellën time!

Mork Jam i nderum nga gjith kjo mirësi e madhe. *Morku përkulet me respekt para mbretit.*

Monuni *I drejtohet një ushtari dardhan* Ma thirr princeshën Etleva sa ma shpejt. Ku asht ajo? Pse nuk po duket asgjakundi?

Ushtari Dardhan Si urdhnoni Naltmadhni! Po shkoj qy tash!

Ushtari dardhan merr qëndrim gatitu dhe del nga skena, sapo mbreti i kthen shpinën. Errësim.

Skena IV

Në sfond dallohet kështjella e Sintias, aty ku sot ngrihet kështjella e Shkupit. Etleva dhe Platori

Disa vajza dardhane mbushin bucelat me ujë buzë një burimi. Sapo shfaqet princeshë Etleva, vajzat çuçurisin vesh më vesh dhe hedhin vështrime shpotitëse në drejtim të princeshës. Etleva është një vajzë bjonde dhe me sy të kaltër rreth të njëzetave, e cila ka veshur një fustan në ngjyrë të bardhë që i shkon gjer në fund të këmbëve. Flokët i ka të mbuluar me një shami të kaltër, me të cilën përpiqet të mbulojë pjesë të fytyrës, sa herë, që shaminë ia merr flladi i mbrëmjes. Është shtatlartë dhe e brishtë njëkohësisht, me një shikim fëmijëror dhe të turpshëm. Një ndjenjë romantike e ka pushtuar të tërën, ndërsa këput një trëndafil dhe i merr erë.

Dëgjohet hingëllima dhe troku i shpejtuar i një kali, i cili sa vjen e bëhet më i fortë gjersa në fund ndalon. Në skenë hyn Platori, një princ i ri që ende nuk ka mbushur njëzeteshtatë vjeç. Ka rënë në dashuri me Etlevën, të bijën e Monunit, mbretit të Dardhanëve. Është njeri romantik me ëndrra të bukura për jetën. Dashuria e tij për Etlevën është aq e zjarrtë dhe platonike, saqë sytë i kanë marrë një shkëlqim të jashtëzakonshëm. Është i veshur me uniformën luftarake ilire dhe me shpatë në brez. Kur heq përkrenaren, kaçurrelat e zinj dhe të dendur i derdhen mbi supe. Vashat dardhane ja plasin të qeshurës dhe ia mbathin nga skena, duke parë me ironi nga prapa. Etleva i hidhet në qafë sapo e sheh.

Etleva Plator! Sa shpejt që erdhe!

Platori Të thashë që do të vij. *E puth me afsh ne buzë dhe e mban për pak në krahët e tij.* Mezi po pres atë ditë që të të marr me vete në Shkodër.

Etleva Nuk do të jetë aq e lehtë sa thua ti. Ti je princ Ardianësh dhe baba s'i ka fort qejf lidhjet me ta.

Platori Ardianët dhe Dardhanët flasin nji gjuhë! Nuk ka asnji kuptim mos me u afru. Sa ma shumë martesa me njani-tjetrin, aq ma shumë mundsi kena me u ba nji.

Etleva Oh, sa për martesë...Më duket krejt si andërr. Sa ma shumë që e mendoj, aq ma shumë më kap trishtimi.

Platori Tash jam ktu! Kjo ka randsi ma shumë nga të gjitha. Nuk ka gja në botë që na ndan. A e shikon atë re bardhoshe si shtëllungë tymi në majë të asaj kodrës atje?

Etleva E shof!

Platori Ajo shtëllungë e bardhë më ndoqi si një fat i mirë gjatë të gjithë rrugës. Kuqalashi asht kalë i fortë dhe ka ecë papushim. Kapërceva tanë ato male e rrëpina, gjersa mbërrita ktu.

Etleva Ndoshta ka ardhë koha që të mos udhëtosh kaq gjatë. Kur do të vish e t'i kërkosh dorën time babës?

Platori Shumë shpejt, por ma parë duhet me i marrë leje vëllaut tim Gentit!

Etleva Po sikur mbreti të thotë jo?!

Platori Nuk ka asnji arsye të kundërshtojë. Po tha jo, e di vetë se çfarë duhet të baj. *E merr në krah gjithë gëzim dhe e rrotullon. Etleva shkrihet së qeshuri.*

Etleva Më lsho! Po më merren ment! *Kukuris së qeshuri.*

Platori Nuk t'lshoj! Tash që të shtiva në dorë, do ta marr shpirtin! *E lëshon me kujdes në tokë.* Hë, a po ndihesh mirë?

Etleva Uh! *Fërkon sytë e trullosur dhe mbahet paksa në krahun e tij. Platori e mban me delikatesë dhe të dy së bashku afrohen tek burimi, ku freskohen dhe pijnë pak ujë.* Ah, m'u thanë dhambët nga ky ujë akulli. Asht uji ma i mirë në botë.

Platori Ti s'e ke provu ujin e Bunës! Kur ta pish, atëher do thush të njajtën gja! Kosin na e presim me thikë, ndërsa lakrat e regjme të shkrijnë në gojë. Palat e thame të fikut dhe mjalti ynë i bletve....Meqë m'u kujtu..., a do me t'sjellë nji shishe me mjaltë her tjetër?

Etleva Ja tek e kam mjaltin. S'kam nevojë për asgja tjetër. *Puthen sërisht në buzë.* Si asht jeta atje në Shkodër?

Platori Nuk ka ma bukur! A je la ndonjiher n'liqen?

Etleva *E entuziazmuar.* N'liqen? Kurr s'e kam pa me sy!

Platori Në kohën e verës vijnë plot njerëz nga të tana viset e Ilirisë dhe lahen. Bajmë edhe gara noti dhe fituesit shpërblehen me medalje ari e bronxi.

Etleva Shumë keq që na ktej nuk kena liqen. Veç me u la në Drin!

Platori Edhe Drini boll i mirë asht, por liqeni ka lezetin e vet.

Dëgjohet trokëllima e kuajve që afrohen gjithnjë e më shumë. Platori i del përpara me trup Etlevës, si për ta mbrojtur nga ndonjë rrezik imagjinar. Në skenë hyjnë tre ushtarë dardhanë që e rrethojnë menjëherë çiftin, me ushtat e tyre drejtuar në gjoksin e Platorit.

Platori Po ju, nga mbitë ktu?

Ushtari I Kte pytje duhet me ta ba unë ty! Lshoje princeshën, përndryshe ta ngula két ushtë m'u në zemër!

Etleva Ktheje atë ushtë anash! Princi asht miku jem! *Shikon me përgjërim dhe dashuri në drejtim të Platorit, por ushtarët dardhanë kanë nxjerrë shpatat dhe sulmojnë. Platori kundërvepron energjikisht me shpatë dhe plagos njërin prej tyre, ndërsa me dorën e majtë përpiqet të largojë nga epiqendra e rrethimit Etlevën. Përleshja vazhdon e ashpër, gjersa dy ushtarët e tjerë arrijnë ta shtrijnë Platorin përtokë, duke ja vënë majën e shpatës në grykë dhe këmbën mbi gjoks.*

Ushtari II Tash mori fund! Ka e gjete mik ktë ti? *Ja merr shpatën Platorit dhe ja dorëzon ushtarit të tretë. Ja lidh duart dhe e ngre në këmbë.* Hec para!

Platori Ku me shku? *I thyer shpirtërisht, nuk i bëjnë këmbët.*

Ushtari II Tek mbreti!

Platori Tek mbreti nuk shkoj kshtu, durlidhun! Un nuk jam rob lufte!

Ushtari III Rob te kena kapë e mos folë shumë!

Etleva Zgjidhjani duart, se ai vjen vetë.

Ushtari I *Etlevës* Mbreti do me t'i thanë dy fjalë. *Etleva e shikon me përbuzje dhe ecën në krah të Platorit.*

Etleva Shumë keq u sollët si ushtarë Dardhanë! Mjaftonte fjala jeme, me e lanë të lirë. Kam për t'i thanë mbretit, sapo të arrijmë në kështjellë.

Ushtari I Nuk kena ça me ba. Kena urdhër nga vetë mbreti!

Ushtari II Ja drejton ushtën në gjoks Platorit dhe e detyron të ecë. Platori e shikon me përbuzje dhe mezi hedh këmbët, i ndjekur nga Etleva.

Perdja.

Skena V

GËRMADHAT E LISSUS. **Karavanti i plagosur dhe dy ushtarë.** *Dy ushtarët hyjnë në skenë, duke mbajtur Karavantin në supet e tyre dhe e shtrijnë me kujdes në krevat.*

Karavanti Oh, zot çfarë po ndodh? Cfarë bamë gabim dhe pse?

Ushtari I Mos e mundo veten. Pusho pak.

Karavanti U dogj i gjithë qyteti! Kalldramet janë mbushë me kufoma. Shtëllunga tymi po ngjiten gjer lart në qiell, si me paraljamëru katrastofën.

Ushtari II Plaga që ke marrë në krah, ka me të mbajtë nji muj në shtrat. Ma mirë të tërhiqemi në nji vend ma të sigurtë, përndryshe kanë me të kapë rob.

Karavanti Tërheqje mbrapa nuk ka. Ktu du me vdekë. Qytetin nuk duhet me e lanë në dorë të armikut. *Përpiqet të ngrihet në këmbë, por ushtarët e mbajnë me zor në shtrat.*

Ushtari I Ka me t'u lëndu plaga. Mos luj!

Karavanti Ky asht fillimi i fundit! Pse nuk më jep, oh zot, pak fuqi nga e jotja, që të ngrihem përtej vdekjes e të rrëmbej përsëri shpatën, që vetë Genti ma dha, atëherë kur isha vetëm 18 vjeç?!

Ushtari I Ka mbetë vetëm nji rrugëdalje! Sa ma shpejt të dalim nga kështjella nga porta e veriut. Tre kuaj po na presin pranë portës.

Karavanti Nuk hiki që ktej. Shtëpitë janë djegur rrafsh me tokën. *Psherëtin thellë.* Romakët nuk kanë kursyer as fëmijët dhe pleqtë, ndërsa gratë na i kanë marrë robinja.

Ushtari I *Dëgjohen shpërthime të fuqishme.* Asgja nuk ka përfundu. Kur të vritet ushtari i fundit, atëherë merr fund edhe Lissusi! Por ty duhet me të çu në vend të sigurt.

Karavanti *Buzëqesh hidhur.* E ç'ka më duhet jeta ime, para qytetit? Eh? Më thuaj! *E kap ushtarin përfyti, por duart nuk e mbajnë më dhe rrëzohet në shtrat gjysëm i alivanosur.* Oh, sa tmerr! Tash na ka mbetë veç me ba llogaritë, me numëru të vrarët dhe shtëpitë e djeguna. *Ushtarët e ngrenë në shpatulla, por Karavanti kundërshton.*

Ma bani kët nder të fundit! Më lini të vdes ktu! Nuk du që historia të shkruj për mu se hika si tradhtar!

Ushtari I Po të të lamë ktu, Romakët do të të rrjepin të gjallë. Nuk kena me e lanë princin në dorë të Romës.

Karavanti Lermëni ktu! Nuk mund ta braktis vijën e luftës.

Ushtari II Beteja njef edhe tërheqje. Po hikim vetëm përkohësisht. Do ta rrimarrim qytetin, kur të shërohesh.

Karavanti Do të jetë shumë vonë ma pas! *I bie të fikët. Ushtarët e marrin me kujdes në krahë dhe e nxjerrin nga skena.*

Dëgjohet hingëllima kuajsh. Errësim.

SKENA VI

Pamje nga brenda e kështjellës së Sintias. Mbreti Monun është ulur në fron me spektrin e artë në dorën e djathtë. Monuni dhe Etleva.

Mbreti Monun ngrihet në këmbë dhe përkëdhel me dashuri atërore Etlevën, duke e prekur paksa në flokë. E puth në ballë dhe e sheh me përmallim, sikur të mos e kishte parë kurrë. Është i mallëngjyer dhe një ngashërim i brendshëm nuk e lë të flasë. I dridhen paksa duart nga një nervozizëm i lehtë. Bën disa hapa para fronit, i pavendosur se çfarë të thotë. Tre ushtarë të Gardës Mbretërore Dardhane, të njëjtët që arrestuan Platorin dhe Etlevën qëndrojnë si në gjemba në hyrje të sallonit. Monuni ua bën me shenjë që të largohen. Tre gardistët përkulen me respekt, marrin qëndrim gatitu, kthehen mbrapsht dhe dalin.

Etleva ndjehet si e zënë në faj. Është vajza e vetme e mbretit dhe e përkëdhelura e babait, por këtë herë një trishtim i thellë i ka krijuar një tis të përzishëm që i ka mbuluar fytyrën. Njëqind pyetje i vijnë në mendje dhe nuk di si t'ia shpjegojë të atit lidhjen e fshehtë që ka me princ Platorin. Ndjehet edhe si e zënë me faj dhe është e zemëruar nga mënyra sesi u sollën ushtarët me të dhe Platorin. Kafshon buzën nga zori edhe mllefi që sa vjen dhe i rritet.

Monuni *Me zë të drithëruar, të mbushur me emocion, që mezi e përmban habinë dhe kureshtjen djegëse.* Ku ishe?

Etleva *E habitur.* Si ku isha?

Monuni Ti je vasha ime e vetme. Du me e ditë se ku hikën.

Etleva Ti asnjiherë nuk ma ke ba kët pytje! Isha tek Burimi i Zanave jashtë kështjellës.

Monuni Me kend ishe atje?

Etleva *E përmban veten.* Ti e din shumë mirë me kë isha. Çove ushtarët për të më marrë apo jo?!

Monuni *Psherëtin thellë. Me zemër të thyer përpiqet ta marrë me të mirë të bijën.* Nuk e di! Du të ma thush ti. Kush asht ky që të paska rrëmby zemrën?

Etleva Platori, princ nga Ardianët! *Pikë muzikore e fuqishme.*

Monuni Ardianët? Mos asht ky vllai i vogël i mbretit, Gentit?!

Etleva Ai asht! *Pikë muzikore e fuqishme.*

Monuni Pse s'thu që qenkam në hall të madh?

Etleva Çfarë halli?

Monuni Kurrsesi ti nuk mund të martohesh me të!

Etleva Pse jo?

Monuni Genti ka çu princin e tij ma të mirë, Morkun me të kërku dorën, Unë i dhash fjalën, që ti ke për t'u ba gruaja e tij, mbretnesha e ardhshme e Ardianëve. *Pikë muzikore e fuqishme.*

Etleva Po sikur unë të mos dua?!

Monuni As mos e ço napër mend që të kundërshtosh. Kjo punë ka marr fund! Nëqoftëse kjo martesë nuk bahet, unë koritem përfundimisht e nuk kam ma ftyrë më dalë në shesh të burrave për me luftu për atdhe e për nder.

Etleva Ti nuk ke si me dhanë fjalën, pa më pyet mu ma së pari.

Monuni Ç'ka po thu?

Etleva A jam unë vajza jote e vetme, princesha e zgjedhun nga fati dhe zoti?

Monuni Ti je vajza ime e vetme! *Psherëtin. Kap kokën me duar.* Ti je drita e synit tem. Që kur nana jote vdiq, unë e di sesa më ka dhimbë në shpirt që të mungonin aq shumë gjana.

Etleva *I bien nervat menjëherë dhe e përqafon fort të atin.* Babë! Nuk më ka mungu asgja. Ti je njeriu ma i mirë në botë. Ke ken për mu babë dhe nanë, por duhet të kuptosh që nuk jam ma e vogël. A nuk më lejohet mu me u njoft me ndonji djalë?

Monuni Sikur do ta jepja unë bekimin...

Etleva Mund të ma japësh tash!

Monuni Sa kohë ke me Platorin?

Etleva Qe tash tri muaj e kam takuar.

Monuni Si asht e mundun unë me e marr vesh i fundit?

Etleva Ndoshta ishte pak si herët me të tregu, por tash po e kuptoj që paskish qenë e kundërta. Jam shumë vonë. *Qan me ngashërim, duke mbuluar fytyrën me duar. Monuni mundohet ta marrë me të mirë, por ajo i largohet të atit, e tronditur thellë në shpirt.*

Monuni Nuk di ç'ka me i thanë të dërgumit të mbretit!

Etleva Thuji të hikë nga ka ardhë. Unë e kam ba zgjedhjen teme. Zemra ime rreh vetëm për të. *Ngashërehet.*

Monuni Kollaj asht me thanë atë llaf. Kisha prit kaq vjet me shfrytzu kët rast e me u ba nji aleancë e fuqishme e Dardhanëve dhe Ardianëve. Nuk do të ketë ma kambë romaku me guxu të shkeli në trojet tona. Mjafton që ti të shkosh nuse atje dhe paqja e begatia do të kthehet në trojet tona njiher e mirë.

Etleva Babë! Më ke rritë me nder dhe me dinjitet. Unë nuk mund të kërcej nga krahët e njanit vlla, në krahët e tjetrit. Mund të ket shumë të mira kjo martesë, ashtu siç thu ti, por unë do të jem nji robinjë ma shumë në pallatin e Gentit.

Monuni Jo, nuk asht ashtu! Ti do të jesh mbretnesha e të gjithë Dardhanave dhe Ardianëve të marrun së bashku.

Etleva Tash e di se ç'ka mendoj! Duhet me u pyt edhe Platori! A asht ai gati me ja dorzu të dashurën e vet nji tjetri, qoftë ky edhe vllai i vet?! Ku ndodhet ai tani?

Monuni Asht poshtë në qeli!

Etleva *E përgjëruar i afrohet të atit. I ulet në gjunjë dhe i falet.* Jep urdhër që ta sjellin ktu!

Monuni *Në mëdyshje.* Bijë...! Ç'ka po duhet ai ktu?

Etleva *Ende e ulur në gjunjë.* Platori nuk ka faj! Nëqoftëse asht kush me e ndëshku, le të jem unë ajo! Duhet me u pyt ai ma së pari.

Monuni *E ngre të bijën me delikatesë në këmbë dhe e përqafon me mall.* Çohu në kambë, bija ime. Kam frikë se két gja nuk e zgjidh dot as unë e as ti. As vetë Platori!

Etleva Ç'ka do me thanë? Két punë e zgjidh vetëm unë me Platorin, me pëlqimin tand.

Monuni *Thërret me sytë nga ushtarët e Gardës.* Roje! *Njëri nga roja te porta e hyrjes kthehet nga mbreti dhe merr qëndrim gatitu.* Silleni Platorin. *Roja bën prapaktheu dhe del.* Do t'i kërkoj Platorit që në emën të paqes dhe të bashkimit, të heqë dorë nga ty! *Pikë muzikore.*

Etleva *Nuk e mban dot veten. Shpërthen në të qara.* E ke kot. Nuk ka për të pranuar. Unë nuk jam e përdalë me ndërru burrin në shtrat me nji tjetër, qoftë ky edhe vetë mbreti. Më mirë të vdes, sesa me marrë nji vendim të tillë.

Monuni Nuk kena ç'ka vendosim na. Vetë dy vllaznit duhet me u marrë vesh me njani tjetrin. Tash le t'nigjojm se ç'ka do thotë Platori!

Në skenë hyn Platori në mes dy ushtarëve të Gardës. Duart i ka të lidhura nga pas, por trupin e mban drejt dhe ecën i vendosur me një vështrim hijerëndë dhe pamje burrëore. Ndal disa hapa larg mbretit, por nuk bie në gjunjë për ta përshëndetur sipas zakonit, megjithëse njëri nga ushtarët përpiqet ta detyrojë duke ja vënë dorën në sup. Monuni e shikon me përçmim dhe i vjen rrotull. Platori qëndron stoik, pa lëvizur nga vendi me sytë e ngulur diku në hapësirë. Monuni i qëndron përballë.

Pra, ti je Platori! *Platori e mban gjuhën pas dhëmbëve, gati të shpërthejë.* Si asht e mundun që nji princ i Ardianvet vjen rrotull nëpër mbretninë e Dardhanëve, si me qenë bash në shpinë e vet?

Platori Nuk asht krejt ashtu!

Monuni Po si asht pra? Ma shpjego ti!

Platori Nuk kam se çfarë të shpjegoj. Besoj se Etleva t'i ka thanë të gjitha.

Monuni Meqë ra fjala te ime bijë, po të kërkoj që të heqësh dorë nga ajo. Këtej e tutje nuk ke punë me të. Shko nga ke ardhë e mos i kthe ma sytë ktej.

Platori Si shumë po kërkon, o mbret i nderuar. Cfarë të baj që ke do thinja të bardha në mjekërr, se për atë Hyll... *I turfullohet, por ushtarët e tërheqin mbrapsht me përdhunë.* A ke guxim me m'kallxu se cila asht arsyja, që duhet me heq dorë?

Monuni Vllau yt Genti, ma ka kërku dorën e saj për gru! *Pikë muzikore e fuqishme.*

Platori A e din ai se Etleva asht e dashura ime?

Monuni Kurrkush nga na nuk dinte asgja! Tash e morëm vesh dhe jena në hall të madh. Unë i kam dhanë fjalën të dërgumit të tij princit Mork, që kjo punë ka marrë fund.

Platori Tërhiqe fjalën e dhanë! Naltmadhnia juaj nuk dinte kurrgja për punët e zemrës.

Monuni Tash asht vonë. Kshtu e kishte thanë zoti vetë me gojë. Kështu do të bahet. *Etleva shpërthen në dënesë. Monuni ngre zërin qëllimisht, si për të mbytyr të qarat e saj.*

Platori *I vendosur në qëndrimin e vet.* Vllau jem nuk di kurrgja. Do të flas unë me të!

Monuni Nuk ke ç'ka flet. Kjo krushqi asht punë e kryme. Hiq dorë!

Platori E si i vajti në mendje vllaut tim pikërisht për kët vashë? A po ma ftillon kush kët lamsh, se nuk e marr vesh?

Monuni Princ Mork. Ai erdhi në emën të mbret Gent të Ardianëve dhe ma kërkoi dorën e time bije!

Platori Princ Mork? Do t'i kem dy fjalë me të, sapo t'iki prej ktej.

Monuni Tash princi i nderum Mork e ka çu lajmin e gzum aty ku duhet.

Platori Kollaj asht me e thanë, por unë e kam vendosë. Sa të jem gjallë unë, vllau em nuk ka për t'u martu me bijën tande. Kjo asht marre dhe turp para Ardianëve dhe vetë zotit!

Monuni Nuk asht turp me lidhë aleanca të fuqishme e të pathyshme ndaj armikut. Kur mbretnit bahen nji familje, popujt në kambët e tyne e kanë ma lehtë me u përzi me njani-tjetrin.

Platori Po dashnia e dlirtë dhe e sinqertë, pa llogaritje interesash, a ekziston vallë?

Monuni Dashnia nuk ka kuptim, kur nuk merr bekimin e atit dhe të oborrit.

Platori Dashnia e pastër asht ajo qe vjen nga zemra. Sa të rrahi kjo zemër, askush tjetër s'ka me e marrë vashën tande në altar. Sa të jem unë gjallë, Jo!

Monuni Qashtu qoftë e thanë! Sa të jesh gjallë ti, jo! Mos do me e kalu tët vlla në tehun e shpatës?

Platori Nëse ai më prek aty ku nuk duhet, edhe vetë mbretin e Ardianëve nuk ka me e kursy shpata jeme!

Muzikë dramatike. Errësohet pamja.

Perdja.

SKENA VII

K**ështjella e Rosujës. Princi Mork dhe Platori.**
*Darkë mikpritëse për nder të ardhjes së Platorit. Qirinj të ndezur
që ndriçojnë mjaftueshëm sallën e miqve. Princi Mork është ulur në krye të
një tryeze të sheshtë të mbushur me pjata që avullojnë dhe kupa prej balte të
mbushura me verë, në të cilat janë gdhendur gjarpërinj. Bien në sy lugët e
drunjta, ndërsa vetë Morku përdor lugë prej argjendi. Mungojnë pirunjtë
dhe thikat. Në qendër rrotullohet ferliku- një qingj i saporrjepur që piqet në
hell mbi prushin e ndezur, pranë të cilit një ushtar ilir pret me një thikë të
madhe e të mprehtë copa mishi, të cilat shërbehen në pjata nga një
shërbëtore. Pak më tutje piqet nën saç një lakror me shëllirë arrash. Princi
Mork përpiqet të duket sa më miqësor dhe të jep përshtypjen, se nuk ka dijeni
për arsyen e vizitës së beftë të princit Plator.*

*Po e njëjta shërbëtore kujdeset për pjekjen e lakrorit. Shërbëtorja është
një vajzë rreth të njëzetave e veshur me një futë gjer në fund të këmbëve dhe
me një këmishë të bardhë. Ajo sjell dy pjata të mbushura me mazë-kajmak
qumështi të përzier me miell misri.*

*Platori është jashtëzakonisht i uritur nga qëndrimi në qeli në Sintia
dhe nga rruga e gjatë. I bën përshtypje mikpritja e princit Mork, kur ky i
fundit ngre lart kupën me verë dhe ngre një shëndet për mikun.*

Mork Mirseerdhe, or mik në kështjellën e Rosujës! T'u rrittë nera e
paç kambën e mbarë!

Platori Ty t'falemnderës, or Burr i Dheut për tana kto t'mira që ke
shtru për darkë, por...

Mork *E ndërpret qëllimisht.* Jo, nuk asht kurrgja! Nji princ si ti nga dera e fisme e vet mbretit, veç na nderon dhe na e shton gzimin e ksaj mbramje.

Platori Bash sot nuk kam ardhë nga dera e mbretit, por nga vetja eme!

Mork Ç'erë e mire të ka sjellë?

Platori Më ka sjellë një stuhi, që ti e ke pështjellu!

Mork Po më vika keq që po e ndigjoj kët gja! A ban me m'kallxu pak si asht kjo zallamahi që paskam kriju?!

Platori A ke hy si shkus ndërmjet Gentit dhe Monunit?

Mork *Habitet!* Po, e vërtetë asht!

Platori Etleva, vajza e Monunit asht e dashuna ime! *Pikë muzikore e fuqishme.*

Mork *Fërkon mjekrrën i menduar.* Kët gja nuk e dija. E pyta edhe Monunin, por ai më siguroi që vajza nuk kish asnja!

Platori Tash shko tek Genti dhe thuji që kjo martesë nuk ka për t'u ba!

Mork Asht e vështirë ajo punë! Janë ndërru dhuratat! Asht dhanë fjala nga Monuni e mbreti pret ta caktojë ditën e martesës.

Platori Domethanë, ti nuk po guxon me i thanë mbretit, se asht dikush tjetër në kët mes?!

Mork Ti e ke vlla! Thuji vetë, se mbase të ndigjon!

Platori Ja njoh tipin. Kurr nuk tërhiqet nga e vetja. Kët ngatërresë e ndan veç fjala jote ose shpata jeme.

Mork Mbreti asht vllau yt! Keni pi sisë nga nji nanë. Ka plot vasha të tjera Iliria anekand, në çdo cep që nga Istria e gjer në Epir!

Platori Etleva asht veç nji! Kurrgja tjetër nuk më hyn në sy, përveç Etlevës sime!

Mork Para se me hik te mbreti, po të këshilloj që ta mendosh mirë, me gjak të ftohtë dhe mendje të kthjellët.

Platori Do të kërkoj të ndeshem me të! Kush të fitojë, ai ta marr Etlevën për gru!

Mork Unë të këshilloj....

Platori Ty të falemnderës për këshillat, por unë e kam vendosë. Kush asht ma i forti, ai le ta marrë Etlevën! *Nxjerr shpatën dhe shikon me ngadhënjim në hapësirë.*

Mork Mbaje veten he burrë! Mirë, pra! Po flas unë njiher me Gentin...

Platori Kur do të flasësh?

Mork Po hiki qysh nesër në mëngjes drejt e në Shkodër.

Platori Shkojmë bashkë!

Mork Shkojmë, por më len m'u të flas njiher vetëm për vetëm me të.

Platori Ashtu qoftë! *Errësim. Perdja.*

SKENA VIII

Kështjella e Shkodrës. Genti, Mork dhe Platori

Njëra nga portat e kështjellës, rrethepërqark së cilës dallohen gurët ciklopikë me të cilat është ndërtuar muri. Nga gurët rrjedh poshtë një lëng gëlqeror. Në krah të portës është e ndërtuar basorelievi i një gruaje gjysëm të murosur, e cila i jep sisë një fëmije. Mbreti Gent qëndron përballë basorelievit i menduar. Jep e merr në heshtje me figurinën e gruas në mur dhe me duart që i dridhen prek gurët që kullojnë një lëng të bardhë.

Princi Mork hyn në skenë i veshur i gjithi në të zeza. Përkulet me respekt sapo sheh mbretin. Duket disi i ndrojtur dhe nuk ia bën zemra që të fillojë i pari bisedën. Mbreti Gent kthehet nga princi Mork dhe në çast shkundet nga meditimet. Fytyra i qesh nga prania e Morkut, por stepet disi kur vëren trishtimin dhe pasigurinë e princit.

Genti *I tregon gishtat e dorës, të cilat janë bërë me bojë të bardhë nga gëlqerja e gurëve të faqjes së murit.* Pa shih si më janë ba gishtat! A thue vërtet asht qumështi i ksaj gruje që gojëdhana e thotë se ka qenë Rozafa? *Heshtje!* A e din ti, se qysh kur asht ndërtu para treqind vjetësh, kta gur kan rrjedh qumësht nga gjini i ksaj gruje?

Mork *Ngërdheshet me ironi.* Kështu thotë legjenda, por naltmadhnia juj e din fort mirë se kush asht e vërteta!

Genti Langu i gëlqeres që rrjedh asht shkaku, por unë du me gjet arsyen se pse populli e pasoi brez pas brezi kët gojëdhanë.

Mork Tana kështjellat kanë gojëdhanat e tyne! Që të mos humbim kohë, du me t'thanë se Monuni të çon të fala.

Genti Të fala pastë!

Mork Ja kërkova dorën e Etlevës, por jena në hall të madh me vëllain tand Platorin!

Genti Platori? E çka don ai në kët mes?

Mork Ai asht i zgjedhuni i Etlevës. Pa u prishë lidhja e Platorit me Etlevën, kjo martesë nuk bahet.

Genti A ja shpjegove tim vlla, pse duhet kjo martesë?

Mork Ja bana të kjarta të tana. Ardianët dhe Dardhanët do të bahen nji mbretni. Kur të arrihet kjo, nuk do të mbesë ma mbi këtë tokë rë lavdishme asnji ushtar i Romës. Tregtia ndërmjet nesh do të rritet. Do të ketë ma shumë të mira nga të dyja anët. Iliria ma në fund do të marrë frymë lirisht me të dyja mushkëritë e lira.

Genti A e kupton sadopak nji kët shpjegim apo u hodh përpjetë si dashnor inatçi, vllau em Platori?

Mork Si i ri që asht, Platori po ndjek rrugën ma të shkurtër. Kërkon që ti të heqësh dorë sa ma shpejt që të jet e mundun.

Genti Dhe nëse unë nuk heq dorë....

Mork Atëherë ka me të ftu në duel! *Pikë muzikore e fuqishme.*

Genti N'duel? A mos ka lujt mendsh, a si? E si mund ta ngre unë shpatën kundër vllaut tem?

Mork Më mirë mos me shku fare gjer aty. Ndoshta ky plan për bashkim, nuk asht ma i miri. Bashkimi në emën të gjakut të derdhun, nuk na duhet. Kam frikë se ti duhet me heqë dorë!

Genti E si mund të heq dorë? Monuni nuk ka për të ma falë dhe do të mendojë se kam shkelur besën. Unë jam mbreti dhe fjala e mbretit asht ligj. Dorë nuk heq, por mund të flas njiherë me të.

Mork Kollaj asht me kryqëzu shpatat. Shpresoj që tek ju të dy të mbizotërojë arsyja! Hiq dorë, si ma i madh që je dhe ma i pjekun.

Genti Nuk asht mirë me ja kthy kurrizin Monunit. Asht njisoj si me kenë në fushën e luftës e me ja mbath me të katra. A e din se ku asht?

Mork Asht tuj pritë në oborrin e kështjellës. Mezi po e mban vendi. I thashë që desha me folë unë njëherë. Meqë ti nuk po tërhiqesh, atëherë përcaktoje vetë fatin tand. Vetëm nji gja po to them edhe njiherë: Mos lufto kundër vllaut tand. Ajo gru nuk ka për të qenë e lumtun edhe nëqoftëse bahet mbretnesha e Ardianëve.

Genti Mbretnesha e Ardianëve! Pikërisht kjo na duhet, nji mbretneshë nga Dardhanët, përndryshe nuk ka bashkim.

Mork Edhe Platori asht derë mbreti!

Genti Platori asht derë mbreti, përgjersa asht im vlla, por ai nuk e ban dot vashën e Monunit mbretneshë të Ardianëve.I lutem Zeusit që Platorit t'i vijnë mendt e të tërhiqet. Shko e ma thirr!

MORKU PËRKULET ME RESPEKT e del jashtë. Genti ndjehet i rënduar shpirtërisht: është i vrenjtur në fytyrë dhe bën një ecejake nëpër skenë, me duart e lidhura prapa dhe me sytë e ngulur në dysheme.

Zot na ndihmo ta rujm qetsinë e mos ta ngrejmë shpatën kundër njani tjetrit, qashtu si Tomorri kundër Shpiragut, kush e kush me marrë vajzën e bukur Antipatrea! Aq randë e plagosën njani tjetrin të dy vllaznit, aq sa nga lotët e vashës së bukur Antipatrea, u krijue lumi Osum! Edhe sot e kësaj dite mund të dallohen vijat e shpatës mbi shpatullat e Shpiragut dhe gropat e gjyleve ne trupin e Tomorrit. Kemi për t'u ba gazi i botës, niqoftëse vritena vllau me vlla. Kjo martesë duhet me u kry, përndryshe Ilirët kanë me hupë si kripa në ujë. Zot, mos ma sos durimin! Baje vllaun tem Platorin të më bindet e të heqë dorë nga kjo marrinë pa kuptim.

(Hyn Platori! Sytë i shkëndijojnë nga flakët e urrejtjes. Për një çast nxjerr shpatën nga këllëfi me vrull, por pastaj e fut përsëri, gati për çdo të papritur. Genti kthehet ngadalë nga i vëllai, duke hapur krahët për ta përqafuar, por Platori i shmanget me përbuzje.)

Genti Pa shif kush ka ardhë, loçka e zemrës Platori!

Platori Mos m'u afro se po më vjen ndoht! *Genti stepet. Nuk e priste këtë reagim përbuzës të të vëllait dhe fërkon mjekrrën i menduar.*

Genti Që kur kshtu, t' vika ndoht kur shef me sy vllaun tand? Vllau, që ta ka mbajtë e njajta nanë nantë muj n'bark? Shife veten në pasqyrë: Jena të ngjashëm si dy pika uji! Aq shumë ngjajmë me njani tjetrin, saqë njerzit e oborrit na ngatërrojnë edhe sot e ksaj dite. Po të mos ve kurorën, ushtarët do të më marrin për ty. I falem zotit, që ti ke nji shenjë në bark, se përndryshe do të na ngatërronin edhe gratë, kur të martohena.

Platori Nuk kena qenë njisoj. Ti ke qenë shtatanik! Ti je dy gisht ma i shkurtën se unë. Të ka mbajtë nana vetëm shtatë muj, se nuk durojshe dot me i vend e ke dal me shkelma prej barkut!

Genti *Zgërdhihet me maraz, por e qeshura e sforcuar tingëllon bosh.* Më kishte marrë malli për kto shpotitë e tuja. Si ke ken vlla?!

Platori Mir kam ken qysh në momentin, kur ti vendose me kërku dorën e vashës time për gru!

Genti Ku e dijsha unë që ti e kishe pasë synin tek e bija e Monunit!? Eh? Mos pyta ndonji që di me kallxu fatin a si?

Platori Tash e more vesh! Nuk asht vonë ende për me u kthy mbrapsht.

Genti Asht shumë vonë! E ka marrë vesh tanë mbretnia. Unë jam burrë dhe kam cipë në faqe. Kur e them që do e baj nji gja, e çoj gjer në fund.

Platori Kjo nuk asht punë burrnie dhe nuk ka të bajë me çashtje nderi. Nuk e kuptoj çfarë do me thanë, që "do ta çosh gjer në fund!"

Genti Bashkimin! Nji vashë e Dardhanëve duhet me mbretnu Ardianët, përndryshe aleancë nuk ka.

Platori Edhe unë jam bir mbreti, q'ashtu si edhe ti!

Genti Je, por ti duhej të ishe mbret, që të martoheshe me atë vajzë. Bashkimi i dy mbretnive, nuk ka si me ndodhë ndryshe.

Platori Kurrë mos ndodhtë bashkimi! Aleancë nuk ka!

Genti *Psherëtin thellë me zemër të thyer.* Sa kohë ke që e njeh atë vashë?

Platori Tash tre muj!

Genti Si ka mundsi që Monuni mos me ditë kurrgja se ç'ka i ban vajza?!

Platori Ja që ka mundsi! Deshëm me e ba të ditun, kur të vinte koha e përshtatshme, por ti, që je vllau em, po do me na i prish të tana planet.

Genti S'du me t'i prish planet ty, por nuk kam çfar baj! Janë do gjana madhore që duhen me u vanë në vendin e vet. Duhet me u ba bashkimi i tanë ilirëve në një mbretni të vetme. Duhet me ja fillu me Monunin, por mbasandej do të shkojmë në Maqedoni, mbase edhe ma në jug tek Etolët dhe Dorët!

Platori A ja din emrin grus që do të marrësh?

Genti *Shtanget disi.* Hë?

Platori Për nji mend e kam!

Genti E ç'randsi ka? Më duket se e ka ...Anila! A ja thashë mirë?

Platori E ka Etleva!

Genti *E kap një hije turpi dhe zori! Përsërit* ETLEVA!

Platori Si mund të martohesh me të, kur ti nuk i din as emrin!?

Genti Po ti si do të martohesh me të, kur ke vetëm tre muj që e njeh? Sa e fortë do të jetë kjo martesë? Apo asht thjesht nji ndjenjë e rastit?

Platori Nuk asht ndjenë e rastit! Unë jam gati të jap jetën për të, ndërsa ti ke qëllime të ashtuqujtme "madhore". Si do të flesh ti në nji shtrat me nji gru, që nuk të do? Etleva asht e dashuna ime!

Genti Domethanë që do të bahet gruja jote?

Platori Besoj se një ditë po!

Genti Atëherë nuk ka bashkim sa për sy e faqje. Duhet me fillu ma së pari nga unë e nga ty. Ilirët nuk e kan traditë me ja marr gratë njani-tjetrit. Mund të fitojsha nji mbret të fuqishëm si Monuni, por do të humbsha nji vlla si ty Plator. Të më falësh, që të vuna në kët gjendje të vështirë.

Platori *I çuditur.* A e thu përgjithmend? *Nuk i besohet dhe shikon me kërshëri nga i vëllai.* Po ty të duhen Dardhanët në krah të Ardianëve apo jo!? Si do i bajmë ballë hordhive të egra Romake?

Genti Siç ja kena ba gjer tash!

Platori *Entuziast.* Do të jemi të dy bashkë, krah për krah. Me atë grusht trimash Ardianë do të luftojmë gjer sa të kemi shpirt.

Genti Po sikur Romakët të na fshijnë nga faqja e dheut?

Platori Na do të bahena njish me gurët e kështjellës. Nuk do të ketë uragan me na shkulë.

Genti Po sikur Romakët të na vrasin të gjithve e t'ja vejnë flakën qytetit? Po sikur gjithçka që asht ndërtu të shndarrohet në gërmadha, a do të pendohesh?

Platori Po sikur, po sikur....Unë të jap fjalën, se nuk të kam për të lanë në baltë.

Genti Fjala jote nuk vlen asgja, para qindra atyne të vrarëve në fushën e luftës. Të përçamë, kena me hupë aq keq sa ty nuk ta merr mendja. Lissusi ra! Karavanti s'mujti me e mbajtë i vetëm qytetin. Më ke zanë aq ngushtë, saqë nuk di se çka me ba. *Psherëtin, kap kokën me duar.*

Platori Ti nuk ke besim tek unë dhe tek maja e shpatave tona!

Genti Nuk asht se nuk kam besim, por nuk janë mjaft! *Flet me vete.* Martesa nuk bahet, sepse nuk do Platori. Atëherë disfatën e kemi të sigurtë. Por martesa duhet të bahet. Aleanca duhet të kryhet. Po si të kryhet Aleanca, pa m'u idhnu Platori? *Vjen rrotull nëpër skenë, me kokëulur dhe duke fërkuar mjekrën. Befas i shkëlqejnë sytë nga një gëzim i brendshëm, që sa vjen dhe rritet.* Vlla, a pranon ti të bahesh Mbret?

Platori Unë-mbret i Ardianëve?!

Genti *E heq kurorën dhe ja vë në kokë Platorit.* Pa shih sa bukur të rri! Dhe ngjajmë aq shumë, si me na pas ba nji nanë.

Platori Jo, në asnjë mënyrë. Këtë nuk mund ta pranoj. Ti je Mbreti i Ardianëve. Baba ta ka dorzu ty dhe ti e din shumë mirë, se vetëm Aj e ka këtë të drejtë me ta heq kurorën!

Genti Pikërisht! Baba ynë Pleurati dhe Kuvendi i Burrave! Niqoftse babai vendos që të ma heqë kurorën dhe Kuvendi e miraton, ti a do ta pranosh?! *Heshtje e rëndë.* Nuk ka asnji randsi, nëse ti e pranon apo jo, pasi fjala e Kuvendit të Ardianve asht ligj!

Platori Kjo asht zgjidhja që ti ofron?

Genti Kjo asht e vetmja mënyrë. Unë qysh sot heq dorë vullnetarisht nga froni me kusht që kurora të shkojë tek ty! Ti do të martohesh me Etlevën dhe aleanca me Monunin kryhet.

Platori Por ti je mbreti....

Genti Nuk ka ç'më duhet kurora, para jetës dhe pasunisë së Ardianëve. Nuk ka ç'më duhet kurora, para lumturisë së tim vllai! Të lutem, Plator, pranoje këtë kurorë!

Platori Vetëm nëqoftëse vendos Kuvendi.

Genti Ma mirë të vdes si ushtar i thjeshtë nga shpata romake, sesa ta humb nji vlla në paqe. Sa vlen e tan bota mbarë, e gjitha asht nji hiç, para teje! Tash nuk du me e vazhdu ma kët bisedë, por ta dish: As që më kish shku në mendje me marrë të dashurën e vllaut tem. *Hap krahët dhe e përqafon. Të dy vëllezërit qëndrojnë në mes të skenës të përqafuar. Hyn Morku që i shikon i çuditur.*

Mork Po prisja të shifja nonjanin prej jush të shtrimë përdhe, por ju si dy vllazën të mirë po rrokni njani tjetrin plot dashni. Më duket se do të kemi një mbretneshë nga dera e Dardhanëve shumë shpejt.

Genti Mork! Shumë shpejt do të kemi nji mbret të ri dhe një mbretneshë nga dera e Dardhanëve.

Mork *E shikon me habi*! Ç'ka do me thanë?

Genti Do ta marrësh vesh!

ERRËSIM.

FUNDI I AKTIT TË PARË

AKTI I DYTË

A^{kti II}

SKENA IX

Oda e burrave në kështjellën e Shkodrës. Princat Ardianë në të dy krahët e odës. Mbreti Gent kryeson kuvendin, i ulur në fronin mbretëror.

Pleurati plak qëndron i ulur në krahun e djathtë të mbretit. Platori qëndron në këmbë në të majtë. Karavanti ka të fashatuar krahun e djathtë dhe mezi rri ulu këmbëkryq në vijën e parë përballë mbretit. Në të dy krahët e Odës rrinë ulur Olimpi, Pantauku dhe një numër princash Ardianë, rreth dhjetë vetë. Adeus, Bero dhe Bala në të majtë, duket se mezi presin të kundërshtojnë vendimin që po merret nga Kuvendi. Mork është ulur në krah të Karavantit.

Genti Të nderum princa të Ardianve! Ju kam thirrë sonte ktu për me marrë së bashku nji vendim të randsishëm! *Mërmëritje kolektive. Genti ngre spektrin për të mbajtur qetësi. Pëshpërimat bien disi.* Sonte më duhet me heqë dorë nga froni mbretnor. *Princat shtangen nga kjo e papritur, por pas disa sekondash heshtjeje fillojnë të kundërshtojnë.*

Princat Në asnjë mënyrë. Nuk e pranojmë dorëheqjen. Cila asht arsyja?

Olimpi Si asht e mundun me hek dorë në nji kohë kaq të rrezikshme, kur Lissusi ra?!

Genti Më leni të mbaroj.

Pantauku Kush do të ulet në fron?

Genti Fronin do ja lëshoj vllaut tem Platorit. *Zërat bëhen më të fortë.*
Olimpi Platorit?

Bero Mos vallë do me heq dorë nga përgjegjsitë e me ja lanë spektrin në dorë vllaut tand?

Olimpi Pse ra Lissusi?

Pantauku Lissusi ra, sepse ja la në dorë Karavantit apo jo?!

Genti Lissusi ra, sepse nuk kishim forca të mjaftushme. Lissusin mund ta marrim prapë, niqoftse bashkohena me Dardhanët. Si thu, Karavant?

Karavanti Na duhen ushtarë! Na duhen shpata dhe mburoja. Na duhet nji ushtri ma e madhe se e Romës. Përndryshe Lissusin nuk e marrim dot.

Genti Ushtarë të gatshëm për luftë mund të marrim vetëm nga Dardhania, por që t'i marrim këta ushtarë, duhet të kryhet nji martesë mbretnore.

Bero Kryhe martesën. Ça po të pengon?

Genti Më falni pak! Lermëni të mbaroj.

Pantauku Lerëni mbretin të flasë. Urdhno e fol!

Genti E bija e Monunit asht në fakt e dashuna e vllaut tem Platorit. *Pasthirrma habie.* Unë nuk mund të prish lumturinë e vllaut, kështu që kurorën e mbretnisë ja dorëzoj Platorit.

Princat Ja dorëzon Platorit? Ma mirë thuj që po dorzohesh pa luftë të Romakët....Po bishtnon!

Genti Po të doja me bishtnu, mund t'ia jepja kurorën Morkut që ka ma shumë përvojë në luftë.

Olimpi Jepja Morkut ma mirë!

Genti Po ja jap fronin Platorit, sepse vetëm ai mund të na bashkojë me Dardhanët.

Olimpi Domethanë Platori bahet mbret! *Të gjithë hedhin sytë nga Platori me habi.* Po ku ka përvojë ky me drejtu punët e shtetit? *Platori e shikon vëngër.*

Genti Unë do të jem krah tij për çdo gja! Na duhen ushtarët Dardhanë sa ma parë që të jetë e mundun.

Olimpi Ashtu siç ishe pranë Karavantit, kur ra Lissusi! U mshefe në Shkodër, tuj u marrë me mblesnina!

Genti Shkodrën s'mujt me e lanë vetëm. Ky veprim do të ishte akt tradhtie! Jena shumë pak! Na duhen ushtarë!

Olimpi Platori ka me na e dorzu Shkodrën, njësoj si Karavanti. Ti po i shmangesh detyrës!

Karavanti Unë nuk e dorzova Shkodrën! Humba ndjenjat dhe ushtarët më nxorrën jashtë nga zona e luftimeve. Do të sulmoj përsëri sapo të shërohem.

Genti Po ju rrëfej të vërtetën e hidhun, që me kaq pak forca, nuk i bajmë dot ballë Romës.

Olimpi Atëherë në djall tradita jonë! Martohu me vashën e Monunit!

Platori *Kërcen nga vendi.* Jepi grun tande ta marri në kështjellë. Timen, Jo!

Bero A pranon ti Plator me drejtu punët e shtetit? *Platori ngurron të përgjigjet.* A vërtet mendon se ti mund të vihesh në ballë të ushtrisë e të mposhtësh Romakët?! *Heshtje.* Përse nuk flet?!

Platori *Përtypet.* Nuk kam çe du fronin. Nuk më intereson.

Adeus Nuk ke aftsi me drejtu. Pranoje!

Platori Mund të luftoj si ushtar i thjeshtë, por nuk them se nuk kam aftsi me drejtu. Jam princ dhe derë mbreti njisoj si im vlla.

Adeus Ti nuk je yt vlla! A ka zgjidhje tjetër?

Genti Alternativa tjetër asht që unë të martohem me vajzën e Monunit. Nëse unë martohem me të dashurën e Platorit, kjo nuk do të ishte një martesë e mirëfilltë, por e rregullume artificialisht nga rrethanat dhe zori. Nuk do të shifej mirë nga populli. Do të ishte kundër traditës sonë. Ilirët nuk e kanë për racë e farë me ja marrë gratë njani-tjetrit, si me kenë fise të egra.

Bala Populli nuk hyn në hollësina. Mjafton që të sigurohet fitorja kundër armikut. Genti asht mbreti ynë i ligjshëm.

Zëra kundërshtues Genti! Genti! Genti!

Genti Mjaft! E mora vesh!

Bala Për hir të atdheut Platori duhet me hjekë dorë nga e dashuna e vet.

Platori *Shpërthen* Kurrën e kurrës! As fronin nuk e du. Më lini rehat në punën time. *Kërkon të lërë kuvendin, por Mork e mban fort nga krahu.*

Mork Prit! Ku shkon? *Platori mban këmbët dhe nuk di se çfarë të bëjë.* Ti kurorën mund mos ta dush, por froni ka nevojë për ty! Jemi vetëm një grusht njerëzish dhe disfata asht e sigurt, nëqoftëse në krahun tand, në krahun tim, në krahët tuj, nuk luftojnë ushtarët Dardhanë. A e kuptoni dot randsinë numerike të forcave apo jo? Ktë du me e ditë.

Pleurati *Flet ngadalë me zërin e tij të lodhur dhe të menduar.* Le t'i marrim gjanat shtruar. *Të gjithë bien në qetësi.* Unë mendoj që ta hedhim në votë këtë që thotë Mbreti i Ardianëve. Edhe niqoftse aj e ka gabim, duhet me e nigju gjer në fund.

Olimpi Ti vetë çka mendon, o baba i të gjithëve ne? A na e thua hapur mendimin tand?

Pleurati *Në mëdyshje.* Nuk di se çka me thanë! Asht hera e parë që jam vanë në nji siklet kaq të madh. Nuk du me ndiku në votën tuj. Për mu të dy djemtë janë njisoj. Nuk i ndaj dot nga njani tjetri dhe më dhembin thellë në zemër të dy, si dy gishtat e nji dore, si dy durt e nji trupi. Po ta pres njanën, më dhemb tjetra.

Bero Atëherë? Duhet me da mendjen. A je dakort që Genti t'ia lirojë fronin Platorit?

Pleurati Ky vendim po merret me mirëkuptim dhe para syve të të gjithëve. Nuk asht punë komploti dhe as përpjekje për puç. Asht nji veprim fisnik dhe i mençun nga djali im ma i madh për interes të shumicës. Niqoftse dikush nga ju ka ndonji zgjidhje tjetër, le të flasë.

Bero Me sapo kuptoj: Ti je dakort që Genti t'ia dhurojë kurorën Platorit! ?

Pleurati Unë dua të flas i fundit! Le të respektohet ky kuvend i nderum gjer në fund. Mbasandej mund të më vijë rradha.

Mork Jam dakort që kurora t'i kalojë Platorit. Interesi i Ardianve mbi të gjitha. Le të fillojë votimi.

Olimpi Nuk e kuptoj pse gjithë ky nxitim me ja dhanë kurorën Platorit. Platori asht pa përvojë. Unë jam kundër. Genti të qëndrojë në krye të mbretnisë.

Genti Po e hedhim në votim të hapun. Kush asht pro për Platorin le të ngrejë dorën. Vota për Platorin asht votë për bashkim. Votë kundër Romës! Votimin e deklaroj të hapun.

Ngre vetë i pari dorën. Pas tij e ngrejnë dorën edhe Morku dhe Platori. Pleurati abstenon.

Tri vota pro, gjashtë kundër dhe një abstenim. Atëherë....

Olimpi *Shpërthen nga gëzimi.* Genti mbetet në fron! Rrnoftë Mbreti Genti i Ilirisë!

Princat Rroftë! Rroftë Rroftë!

Genti *I dëshpëruar.* Mbetem mbret, por pa ushtarë! Sapo dënum Shtetin e Ardianëve me vdekje!

Olimpi Kurr mos ndodhtë bashkimi, niqoftse Platori ven interesin e vet epsharak para Atdheut! Ti duhet me i kërku vashën Monunit sa ma parë!

Platori Ky vendim e len mbretin në fronin e vet, por nuk e detyron atë të martohet.

Olimpi Mbreti ka për detyrë të sigurojë jetën dhe mirëqenien e qytetarëve. Mbret pa ushtarë nuk ka. Na duhet Monuni!

Platori *Shpërthen* Familja nuk duhet me ju kundërvanë Atdheut! Atdheu nuk duhet me ju kundervanë familjes. Pa familje nuk ka Atdhe! Me familje të shkatërrume nuk shkohet drejt fitores. Kur familja asht në rregull, atëherë edhe zemra, edhe krahu, edhe mushkëritë punojnë ma mirë me shpatën dhe shigjetën.

Olimpi Ti nuk ke ende familje! Nuk e ke të sigurtë, nëse Monuni ka me ta dhanë ty vajzën.

Platori Do të bahem familje. Vajzën e kam të marrme tash sa kohë. Pas tërheqjes së Gentit, Monuni nuk ka kandidaturë tjetër për vajzën përveç meje.

Olimpi Kush tha se Genti asht tërheqë? Heshtje e rëndë. A të dikton ky vendim i Kuvendit që medoemos të gjesh ushtarë, o mbret? Në mos Monuni, duhet të bash aleancë me armikun e Monunit, Perseun e Maqedonisë.

Platori E përse me Maqedonët?

Olimpi Edhe ata ilirë janë!

Bala Na duhen ushtarët!

Platori Ushtarët gjejini ku të doni, por jo te Dardhanët. Edhe me dreqin bahuni aleatë po deshët! *Del i zemëruar nga skena.*

Princat Hej, ku shkon?

Genti Princa Ardianë! Si gjithnji, asnjiherë nuk jena marrë vesh. Le të bahena gati për luftë. Mork, çoji fjalë Monunit se martesa nuk bahet.

Zërat Kjo asht rruga ma e drejtë. Monuni po deshi me dërgu forcat, le t'i dërgojë, pa kenë nevoja për martesë. Për ndryshe do t'i kërkojmë ndihmë Perseut.

Genti Qysh sot fillon mobilizimi i përgjithshëm. Mbretnia e Ardianëve po vihet para stuhisë Romake. Karavant dhe ti Mork do të jeni dy krahët e mi, i majti dhe i djathti.

Olimpi Jam gati të vdes në luftë. Bahuni gati për dasëm, burra!

Princat Urraaa! Urraaa!

Genti *I drejtohet Morkut.* Mork!

Mork Folni Naltmadhnia e juj!

Genti Më sill nji raport të hollësishëm për gjendjen e forcave dhe të furnizimeve. Koha nuk pret.

Mork Si urdhnon Naltmadhnia juj.

Genti Të nderum princa të Ardianëve! E respektoj vendimin e Kuvendit të Burrave për me i ba ballë të vetëm Perandorisë së Romës. Megjithse e konsideroj si një vendim jo fort të pjekun, e kam për krenari që t'ju shërbej gjer në fund, me qëllimin e vetëm, që të shpëtohet qyteti.

Shkodra nuk ka qenë ma shumë në rrezik sesa sot. Nuk ishim në gjendje me u bashku, atëherë le të përgatitemi për më të keqen. Kuvendin e deklaroj të mbyllun.

Zëra kundërshtues. Muzikë dramatike. Errësim.

SKENA X

Kështjella e Shkodrës. Genti, Mork dhe Platori

Dëgjohen thirrjet luftarake të ushtarëve Romakë. Një ushtar ilir i plagosur rrëzohet në mes të skenës, gati duke dhënë shpirt. Mork turret me vrap në drejtim të ushtarit dhe i mban kokën e përgjakur në prehrin e tij. Genti i shqetësuar afrohet ngadalë, pa hequr sytë e përlotur nga fusha e betejës që shtrihet përtej bedenave të kështjellës.

Mork Si të quajnë ushtar?

Ushtari *I merret fryma. Mezi flet.* Më qujnë Redon!

Mork Redon! Nuk ban mirë të vdesësh! Mblidhi forcat Redon! Ardianët kanë nevojë për ty.

Ushtari Po vdes! M'i çoni fjalë nanës se nuk mujta ma shumë. *Kthen sytë nga Genti.* Ti je, mbreti?

Genti Unë, që mos qofsha!

Ushtari *I shndrisin sytë nga gëzimi.* Ti qofsh e të paçim me jetë, por Shkodra po digjet! *I merret fryma dhe vdes.*

Mork Redon! Redon! Nji ushtar ma pak në fushën e luftës.

Genti Me qindra ushtarë të vrarë! Romakët i kemi në portat e qytetit.

Anicius Gallus i ka hapur forcat në formacion luftarak.

Mork Dhashë urdhën që të tana forcat tona të tërhiqen mbrapsht dhe të mbyllen përkohësisht në kështjellë. Të gjitha hyrje-daljet janë të mbylluna.

Genti Duhet me fitu patjetër kohë, gjersa Karavanti të vijë me forcat e vet në ndihmën tonë.

Mork Karavanti po vonohet shumë. Duhet me nanshkru nji armëpushim, që t'i japim kohë forcave të tij.

Genti Shko në komandën e Romës për të nanshkrue nji armëpushim treditor. Ndoshta Zoti na ndihmon dhe Karavanti vjen.

Mork Ndoshta!

Genti A i dërgove lajm Monunit, se martesa nuk bahet?

Mork Po! I shkrujta në letër se "asht vllau i mbretit Platori ai që dëshiron të martohet me Etlevën. Ja bana të kjartë Monunit, se niqoftse nuk dërgon Dardhanët për përforcime, atëherë ti do të detyrohesh të bash aleancë me armikun e tij Perseun".

Genti Bukur! *Kap kokën me duar. Të jep përshtypjen së është i zhytur në një gjendje të rëndë psikologjike dhe lodhjeje. Psherëtin dhe përpiqet të mbledhë veten.* Roje! *Dy ushtarë ilirë hyjnë brenda.* Merreni këtë hero dhe varroseni me nderimet e duhuna. Brezat e ardhshëm do të flasin për të. *Dy ushtarët e marrin në një tezgë druri dhe e nxjerrin me kujdes jashtë.*

Mork *Mbretit* Më lejoni të shkoj në komandën e Romës.

Genti Më jep pak kohë ta mendoj edhe nji herë. Duhet mendu mirë se çfarë kushtesh do të ketë ky armëpushim! Hidhi edhe nji sy Gardës Mbretnore!

Mork Si urdhnon! *Merr qëndrim gatitu dhe del jashtë.*

Genti *I dëshpëruar në kulm afrohet pranë frëngjisë, nga ku ndjek luftimet.* Iliria asht kthy e gjitha në gërmadha. Shumë shpejt nuk do të mbetet asgja mbi tokë, veç pluhur dhe hi. Cfarë fuqi magjike mund të përdor, që ta shpëtoj qytetin?! Zeus më ndihmo! Ma jep zgjuarsinë dhe ma kjartëso mendjen e trubulluar. Ky rebus i vështirë mbeti pa zgjidhje. Pa ushtarë nuk mund të fitohet lufta. A mundet Roma me e kursy qytetin, niqoftëse une vetëflijohem në kambët e saj? Niqoftse dorëzohem pa kushte, a mundet me shpëtu qytetarët e mi të dashur, që dhanë kaq shumë për lirinë e tyne?! Më thuj o Zot, se çka mund të baj!

Hyn Platori. Një ndjenjë faji e ka pushtuar të tërin.

Platori Si je vlla?

Genti Mozomakeq! Po ti ktu? Kujtova se tashma do të ishe në krahët e Etlevës.

Platori Keq më vjen, por nuk mundem me ta dhanë Etlevën!

Genti Ta kam thanë njiherë, se nuk më duhet Etleva! Më duhet Monuni...Ose Perseu!

Platori Niqoftse lidhesh me Perseun, atëherë edhe unë nuk do t'i kem mirë punët.

Genti E pse?

Platori Do të bahesh mik me armikun e tij. Ardianët do të konsideroheshin armiq!

Genti Më duhen ushtarë! Ardianët janë vrarë dhe kanë mbetë të pakët në numër. Ose të dorëzohem, me kusht që të shpëtojë qyteti.

Platori *Ndjehet ngushtë.* Dorëzimin as mos e ço napër mend!

Genti *Shpërthen në një të qeshur histerike.* Më duket sikur jam një gur shahu në një fushë të mbushur me katrorë. Me Monunin nuk lidhem dot, se Etleva asht e jotja. Me Perseun prapë nuk lidhem, se na armiqësohet Monuni. Dorëheqje nuk jap dot, sepse nuk e pranoi Kuvendi! Të rri kështu si jam, asht si me pritë dënimin me vdekje. Më thuj ti se ç'ka duhet të baj.

Platori Ku asht Mork?

Genti Zene se ka ardhë!

Platori A i çove fjalë Monunit se çfarë vendosi Kuvendi?

Genti Po! Po presim nji përgjigje.

Mork hyn në skenë i pa vërejtur nga askush. Dëgjon në hije bisedën.

Platori Monunit nuk ka për t'i ardhë mirë, që ti ke hequr dorë!

Genti *E shikon i habitur.* Nuk më intereson, nëse i vjen mirë apo jo! Randsi ka që të mos prishem me ty.

Platori Para së të kthehesha ktu, i thashë Monunit, që "sa të jem unë gjallë, asnji nuk ka për ta marrë Etlevën."

Genti Edhe unë po të isha në vendin tand, do të baja të njëjtën gja! Kjo tregon që ke dinjitet dhe karakter.

Platori Monuni ka për t'u ba armiku yt Numër Nji. Turpi lahet veç me gjak.

Genti Nuk asht çashtje turpi apo nderi! Asht çashtje mbijetese. Rrezikojmë ta humbim luftën, por nuk na erdhën forca të reja.

Platori *Afrohet pranë të vëllait dhe e shikon me dhimbje thellë në sy.* Vlla!

Genti Po, Plator!

Platori Mos kujto se jam shpirtngushtë dhe dritëshkurtër që shikon vetëm tymin e vet.

Genti Asnjiherë nuk e kam thanë nji gja të tillë.

Platori Jam gati të vdes në luftë për Ardianët. Ma beso!

Genti Nuk ka nevojë të ma thush! Ta besoj!

Platori Edhe mund të kisha hekë dorë nga Etleva, po ta dija se nuk kishe rrugëdalje tjetër, por tash asht vonë. I kam dhanë fjalën e burrit, se "sa të jem unë gjallë, asnji tjetër nuk e merr Etlevën."

Genti E di! E mora vesh!

Platori Sa të jem unë gjallë ama! Se po të jem i vdekun, ty nuk të pengon kurrgja me ja kërku dorën e Etlevës.

Genti Nuk po ...të kuptoj se çka do me thanë....Gjaja e fundit që unë du të më ndodhë, asht që të shof ty të vdekun! *Mork bëhet gati të dalë nga vendi ku është fshehur, por në fund e mban veten.*

Platori Niqoftse unë jam i vdekun, aleanca mund të bahet dhe Shteti i Ardianëve do t'i mbijetojë Romës. *Nxjerr shpatën.* Ne të vdekun, se të vdekun jemi! Ma mirë të vdes prej dorës tande vlla! *I jep dorezën e shpatës me majën të kthyer nga gjoksi i vet.* Rrëmbeje shpatën time me të dyja durt e ma ngul këtë majë të shndritshme në gjoks!

Genti Kurrën e Kurrës! Plator, qetsohu! Na të dy do të luftojmë krah për krah, duke mbrojtur Atdheun. Niqoftse ti vdes, Ardianët do të kenë nji princ dhe ushtar ma pak!

Platori Atdheu nuk mbrohet me pallavra. Justifikim ma të madh se vdekja nuk ka. Vdekja ime i zgjidh të gjitha. Ti do të jesh i lirë të lidhesh me Monunin dhe kështu Ardianët do të triumfojnë mbi murtajën romake.

Genti Fute shpatën në mill!

Platori Nuk dua të fajësohem unë për rënien e Shkodrës. Shkodra nuk do të bjerë për shkak të një femre, qoftë kjo edhe e dashura ime Etleva.

Genti Plator! Të lutem, qetësohu! Shko e merr një sy gjumë. Nesër do të jetë një ditë e gjatë.

Platori Kjo asht dhurata ime për ty, vlla! Jetën time mund ta jap, vetëm me ty mos të prishem! *Ia rrëmben duart dhe shtyn me forcë shpatën në gjoksin e vet. Bie ngadalë përdhe me një ndjenjë kënaqësie në fytyrë.*

Genti *I shtangur, nuk di se çfarë të bëjë!* Plator! Plator! Çfarë bane, vlla?! *E përqafon dhe shpërthen në dënesa.*

Mork *Del nga vendi i fshehur dhe i rreh shpatullat Gentit në shenjë ngushëllimi. Përpiqet që t'i japë Platorit ndihmën e parë, duke i mbyllur plagën me shallin që kishte të hedhur rreth qafës.* Do zoti i madh dhe nuk vdes! Sapo mora vesh nji lajm të madh! *Genti është i përhumbur në dhimbjen e tij dhe ende nuk e ka mbledhur veten. Papritur kthehet me fytyrë mosbesuese nga Mork.*

Genti Çfarë lajmi?

Mork Po vijnë Dardhanët!

Genti Dardhanët? *E kap një ndjenjë entuziazmi.* Dardhanët?! Kjo asht krejtësisht e pamundun!

Mork Po! Ashtë e vërtetë si drita e diellit! Vetë Monuni asht vanë në krye të ushtrisë së Dardhanisë dhe po marshon drejt Shkodrës. Kanë pa dhe vashën e tij Etlevën që kalëronte në krah të babës së vet!

Genti Oh, ç'ma mbushe zemrën plot! Oh, ç'ma bane kët natë të frikshme ditë të magjishme me diell. Plator! A ndigjon Plator? Zgjohu, o mik dhe vlla! Po vjen me na ndihmu Monuni plak! Po na vjen në ndihmë edhe Etleva! Kthehu nga vdekja, Plator! *Muzikë dramatike. Errësim*

SKENA XI

Kështjella e Shkodrës. Genti, Monuni, Etleva

Etleva është e veshur me uniformën e ushtarit Dardhan. Monuni plak duket shumë i trishtuar. Gentin e ka mbërthyer një energji e jashtëzakonshme për luftë.

Genti Kurrë nuk ma priste mendja që do të vije në ndihmë të Ardianve!

Monuni Erdhëm shumë vonë! *Shikon me dhimbje nga Etleva.* Platori vdiq, pa arritë me e gzu të zgjedhurën e vet.

Genti Ma mirë vonë se kurrë! Ardianët do të ishin zhdukë nga faqja e dheut. Tash kena mundsi ta mbrojmë kështjellën.

Monuni Jena dy shtete, por flasim të njajtën gjuhë. Jena nji popull. Kaq gja e dijnë tek na i madh dhe i vogël. Asht tjetër gja se historia na ka nda e na ka coptu njiqind kafshatash. Tash vetë na mund ta shkrujmë historinë me durt tona!

Genti Desha me të falenderu dhe kët vashë Dardhane, që erdhi krah jush! *Përkulet me respekt në drejtim të Etlevës, e cila ia kthen përshëndetjen me delikatesë.* Të falemnderit zonjushë, që morët gjithë këtë rrugë dhe po bani kto sakrifica për luftën kundër Romës.

Etleva Kam ardhë me luftu edhe për Platorin. Dardhanët nuk e kanë për traditë me i lanë njerzit e vet në baltë.

Monuni Kena sjellë pesë mijë forca te reja. Të mbathëm dhe të ushqymë ma së miri.

Genti Na qoftë lufta e mbarë! *Bashkojnë të tre duart në një grusht të vetëm!*

MUZIKË DRAMATIKE. ERRËSIM.

FUND
28 Shtator, Toronto, Kanada

FALENDERIM

FALENDEROJ NGA ZEMRA dramaturgun Bashkim Kozeli për mendimet e vyera që më dha në fazën e përpunimit të kësaj drame. Pa ngacmimet e tij të herëpashershme, kjo dramë nuk do të ishte shkruar kurrë.
  Perparim Kapllani

Fragment nga drama "Teuta"
Skena I

(Porta kryesore është e ndërtuar në të djathtë të skenës dhe para saj bëjnë roje dy ushtarë të Shpurës me përkrenare në kokë dhe heshtat e kryqëzuara. Flakadanët me dritën e tyre të zbehtë të japin përshtypjen se është buzëmbrëmje vonë. Përmes dritares vërehet dielli teksa perëndon. Tre zana futen duke kërcyer dhe formojnë në qendër të skenës një kor. Më e gjata është një vajzë me flokë të verdhë dhe sy të kaltër. Në duar mban një kupë kristali bosh. E dyta është një vajzë brune me flokët e bëra gërshet, e cila mban në duar një bucelë të mbushur me verë. E treta, më e shkurtër nga të parat është krejtësisht tullace. Në gisht ka vënë një unazë të stërmadhe floriri me një diamant në formën e kokës së gjarpërit. Të trija janë të veshura me dantella të mëndafshta dhe të tejdukshme. Zanat qëndrojnë para dy rojeve të Shpurës dhe fillojnë të kërcejnë, duke iu ledhatuar dy ushtarëve që ende qëndrojnë të ngrirë në pozicionin e tyre luftarak. E para e mban me kujdes gotën e verës lart në shenjë triumfi.)

Ushtari i parë: Ku shkoni ju të treja?

Flokëverdha: Tek Mbreti!

Ushtari i parë: Kthehuni mbrapsht! (I drejton heshtën në gjoks me vendosmëri. Maja e heshtës gati sa nuk shpon gjoksin e saj. Vajza flokëverdhë bën një hap prapa e ndrojtur.)

Flokëverdha: Ngadalë me atë heshtë. Për pak desh me çpove.

Ushtari i parë: Si erdhët ju gjer këtu?

Flokëverdha: Na ka ftuar mbreti! A e shikon këtë gotë? (I afron gotën e kristaltë para syve.) Kjo është gota e mbretit! I shikon këto inicialet këtu në fund? Kjo është emblema e mbretit. Ja dielli! Ja dhe dy gjarpërinjtë anash.

Ushtari i dytë: S'ka nevojë për shpjegime. E morëm vesh. Po ti me gërsheta ku shkon?

Flokëzeza: Edhe unë me të. Ku të shkoj vetëm? (I buzëqesh ëmbël.)

Ushtari i dytë: E çfarë e ke atë bucelë në dorë?

Flokëzeza: Po bucelë është...

Ushtari i dytë: (E ndërpret me ashpërsi) E mora vesh se çfarë është! Për çfarë e ke marrë me vete?

Flokëzeza: Kam sjellë një verë shumë të rrallë për mbretin! E kam bërë nga rrushi më i mirë, që gjendet në të gjithë Ilirinë. Im atë e zjeu rrushin vetë në shtëpi. I kemi hedhur erëza aq të rralla dhe ka një shije aq të mirë, sa kur ta provojë mbreti, ka për të mbetur i mahnitur.

Ushtari i parë: Mjaft! Ma jep bucelën ta shoh. Mos është edhe kjo bucelë e mbretit?

Flokëzeza: Nëse do që të gjesh shenjat e mbretit, i ke të gdhendura këtu në fund. (E ngre bucelën lart.) Ja dielli! Ja dhe dy gjarpërinjtë që e vënë në mes.

Ushtari i parë: Ka vërtet verë brenda apo ndonjë lëng me helm?

Flokëzeza: Ua, ç'është ajo që thua?! A ke dëshirë ta provoj para syve të tu?

Ushtari i dytë: Provoje!

(ZANA FLOKËVERDHË I ofron gotën e kristaltë, duke e mbajtur ende në duar. Flokëzeza derdh pak verë nga bucela dhe pa e lëshuar bucelën në tokë, merr gotën dhe e vë në buzë.)

Ushtari i dytë: (E urdhëron me ashpërsi) Ktheje! Pije të gjithën!

(FLOKËZEZA E VË NË BUZË me delikatesë dhe e pi ngadalë. Ndërsa e kthen të gjithën, i shkel syrin ushtarit dhe fshin buzët me majën e gjuhës. Flokëzeza nxjerr një klithmë kënaqësie dhe merr gotën përsëri për ta mbushur, por Flokëverdha ia heq me forcë nga dora.)

Flokëverdha: Çfarë bën ti moj? Mos luajte mendsh? Mbreti po na pret!

Flokëzeza: (E çuditur për një moment) Ah, po, mbreti!

Ushtari i parë: Në rregull! Qenkësh verë e shijshme ajo që keni sjellë. Po ti tullace, çfarë ke me vete?

Tullacja: Unë? Asgjë! (Mbledh duart me kujdes, duke mbuluar unazën!)

Ushtari i parë: (E kap me forcë nga duart. Ia hap me forcë) S'paska gjë. Ku thatë që do të shkoni ju?

Tullacja: (E tulatur) Tek mbreti!

Ushtari i parë: Prisni këtu! Do të hyj brenda e do ta pyes! (Ushtari i parë hyn brenda. Të trija zanat fillojnë të kërcejnë e këndojnë në kor.)

KORI: NE JEMI TRI ZANA të Ilirisë/ Më të ëmblat e Dardanisë, Epirit e Dalmacisë./ Ne shtijmë fall, /Shohim të ardhmen e Teutës,/ Kësaj zonje të rëndë, /Shëmbëlltyra e më të bukurës./ Eshtë ajo që mbretin do të dashurojë/Vetë ka për të marrë/ Fronin të mbretërojë/ Teuta do të udhëheqë /Ilirinë në luftë/ por Cezar Augusti/ Në fund do ta mundë /E kush është më trime/E më e bukur se Teuta?/ Askush si ajo/ Nuk i fitoi luftërat.

(ZANAT NGUSHTOJNË RRETHIN përqark ushtarit të dytë, i cili u drejton ushtën për t'i larguar. Ushtari i dytë nuk u beson dot syve dhe zmbrapset disi. Në skenë hyn ushtari i parë me një shprehje të gëzuar në fytyrë.)

Ushtari i parë: Lëri të hyjnë! I thashë mbretit që tri vajza i kanë sjellë një verë të rrallë për ta provuar dhe ai e dha menjëherë pëlqimin.

(*U bën me shenjë të hyjnë brenda. Të trija zanat hyjnë njëra pas tjetrës në skenë, disi të ndrojtura, duke parë herë herë nga ushtarët.*)

Skena II

(Pamje nga dhoma mbretërore në kështjellën e Shkodrës. Mbreti Agron dergjet në shtratin martesor. Pas tij është një dritare, përmes së cilës audienca mund të shikojë muret rrethues të kështjellës.)

Agroni: Oh ju zana!/ Pse vini nga ëndrra? /Lërini ato këngë trishtimi/ E me trupat tuaj më mbështillni,/ Më këput mesi,/ E kockat më shpojnë, /Balli po më nxeh,/ E këmbët po më rëndojnë.

Kori: Lartmadhëria juaj!/"Lamtumirë" na thuaj,/ Se në gjumë të thellë,/ Do të biesh brenda,/ Prej dorës së asaj,/ Që s'ta merr mendja.

Agroni: O zanat e Ilirisë/ Pse ma zaptoni shtratin/ Me krahët e marrisë! Nëse kjo do të ishte,/ Tradhtia e fundit,/ Krah hapur ju pres,/ Para gjumit!

(Agroni ngrihet përgjysëm nga shtrati, duke mbështetur bërrylat mbi shtrat)

Luftërat kundër burrave/ I kam fituar,/ Por kam humbur gjithnjë,/ Kur ndeshem me një grua./ Zemra më ka lënë,/ Djersët rrjedhin lumë/, Bëra dashuri,/ Me fantazmat në gjumë.

Flokëverdha: Mbylli sytë, mbreti im! Tani ke për të provuar verën më të shijshme dhe më të rrallë në të gjithë botën!

Agroni: Verën më të shijshme? E ku është zier kjo verë?

Flokëzeza: Në shtëpinë time! Bistakët e rrushit i mblodha vetë me dorë enkas për Ju, Lartmadhëri!

Agroni: Oh, jam shumë i nderuar! Pa ma mbush një gotë! (Flokëverdha ia afron gotën Flokëzezës, e cila derdh disa pika nga bucela në gotë. Agroni e pi me fund dhe shtriqet nga kënaqësia) Oh, çfarë vere! Më hidh prapë! (Flokëverdha e mbush përsëri nga bucela e Flokëzezës, ndërsa Tullacja fërkon me ndrojtje kokën e unazës. Agroni pi disa gota njëra pas tjetrës dhe dalldia e verës i bie në kokë. Mbërthen Flokëverdhën nga krahët, e cila e shtyn me delikatesë. Tullacja hap kokën e unazës dhe hedh me kujdes helmin në gotën e verës. Flokëzeza avitet gjysëm lakuriq dhe ia vë verën mbretit në buzë. Agroni e pi të gjithën dhe ngjesh fytyrën e lodhur në gjoksin e bëshëm të Flokëzezës.)

Flokëzeza: Tani nuk ka mundësi të të shpëtojë askush. Ky është fundi.

Agroni: Po më merren mendtë! Po më vjen bota vërdallë.

Tullacja: Tani është vonë për Ty dhe për Mbretërinë tënde.

Flokëverdha: Pa ty Iliria ka për t'u zhdukur nga faqja e dheut.

Kori: Nuk ka për të të shpëtuar dot as hija e Hyllusit, sunduesit të parë të Ilirisë.

Tullacja: Sikur të gjithë luftëtarët të mprehin shpatën, askush s'e shpëton dot mbretërinë dhe kurorën. (Dëgjohen hapa që afrohen.) Dikush po vjen! Të ikim sa më shpejt!

(*Dalin njëra pas tjetrës me shpejtësi nga skena, duke parë nga të gjitha anët. Teuta hyn në dhomë dhe shikon rreth e përqark e habitur. Shikon Agronin, në gjendje gati të fikët. Merr në dorë gotën dhe bucelën, pastaj e lë përsëri mbi shtrat.*)

Teuta: Prapë ka pirë! Përsëri ndonjë orgji tjetër! (ofshan e zemëruar) Ufff!

Agroni: Teutë, po vdes! (Mbyll sytë. Teuta lë mënjanë zemërimin dhe i afrohet e shqetësuar.)

Teuta: Agron! Agron! Oh çfarë po më shohin sytë! (I çjerr faqet me thonj dhe shkul flokët si e luajtur mendsh) Pse nuk flet, Agron? Më thuaj, çfarë ka ndodhur?

Agroni: Teuta! Po më merren mendtë. Ky është fundi.

Teuta: Më thuaj çfarë ndodhi? Kush ishte këtu?

Agroni: Ishin tri vajza! Më sollën një verë të rrallë për ta provuar! Më duket se më kanë helmuar!

Teuta: Ah vdeksh, oh zot!

Agroni: E di! E shkela!

Teuta: Se mos është hera e parë! M'i lër duart të t'i prek. (Ia prek duart) Pse i ke kaq të nxehta? Po balli pse të djersitet? Oh zot, më ndihmo!

Agroni: M'i fal mëkatet, Teutë.

Teuta: Ah, e di unë se çfarë do ti! Të të lë të vdesësh!

Agroni: Këtë rradhë jam keq!

Teuta: Uff, ç'na bëre! Mos fol! Të thërresim një mjek! Roje! (Thërret me sytë nga porta. Hyn njëri nga rojet e Shpurës.) Mbreti është keq! Të lajmërohet një mjek të vijë sa më parë!

Ushtari: (Përkulet me respekt) Menjëherë, mbretëreshë! (Largohet me shpejtësi. Teuta i fërkon ballin dhe qan në heshtje)

Agroni: Dua të vdes në paqe!

Teuta: Mos fol, se harxhon fuqi! Po pres të vijë mjeku!

Agroni: (Flet përçart) Merre fronin! Në këtë mënyrë... shkoj pas traditës sonë ilire, që kur burri vdes, gruaja i zë vendin në krye të oxhakut.

Teuta: Nuk më duhet froni! E çfarë do të bëj unë pa ty?!

Agroni: (Kap kokën me duar) Ti je grua e fortë! Kush ma bëri këtë vallë? Kush donte të më hiqte qafe?!

Teuta: (Shikon e shqetësuar në drejtim të portës, por prej andej nuk hyn askush.) Edhe në çastet më të fundit, ende nuk po marr vesh se çfarë po ndodh. Si është e mundur të më vdesësh kështu para sysh? Nuk më besohet.

Agroni: Teutë! Më vjen mirë që ta mësova shpatën. A e mban mend ushtrimin e fundit? Tehu i shpatës tënde më çau thellë e unë përpak desh vdiqa. ..Ishte një goditje aq e fortë dhe sytë i kishe plot me një dëshirë të tërbuar, që s'mund ta quaja gjë tjetër, veçse urrejtje për armikun.

Teuta: Mos fol!

Agroni: Ti ke qenë ëndrra për cilindo princ ilir.

Teuta: E di, prandaj bridhje sa të mundje!

Agroni: ... E megjithatë, unë fitimtari i këtij trofeu, sa e kisha në dorë nuk ia dita vlerën.

Teuta: Mos fol! Mundohu të qetësohesh!

Agroni: Po më merren mendtë e s'di ku jam, këtu apo në botën tjetër. Sikur ta parandjeja. Mbrëmë pashë një ëndërr.

Teuta: Çfarë ëndrre?

Agroni: Perandori Hyllus m'u shfaq para syve i veshur i tëri në ar, ndërsa fluturoi deri tek unë, duke u kapur fort në krahët e një shqiponje me dy koka. Ndaloi para këmbëve të mia e m'u lut që të shpëtoja atdheun.

Teuta: Po pastaj çfarë ndodhi? (I ulet në gjunjë dhe i mban të dyja duart e Agronit në të sajat.)

Agroni: Hyllusi po mundohej që të më bënte të qartë rreziqet që po i kanosen Ilirisë. Tokat tona po sulmohen nga të gjitha anët. Etolët po na mbysin anijet në det dhe po ndërtojnë koloninë e Epidamnusit në breg. E kanë rrethuar me mure të larta dhe tani po përzënë të tërë vendasit. Erdhën si miq, por nuk po ikin më.

Teuta: Po të ikësh ti, ku do ta gjejmë njeriun e duhur që mund t'i dalë zot popullit dhe vendit? A është vërtet e mundur që ti po na lë?

Agroni: (Kthehet me mundim nga Teuta.) Mbretëresha ime!

Teuta: A të të sjell një leckë të ftohtë ta vë mbi ballin që digjet? Çfarë do që të bëj? Pse nuk po vjen mjeku? A ka njeri që ta shpëtojë mbretin nga kjo sëmundje e rëndë?!

Agroni: Nuk ka më shpëtim. Damarët më janë ngushtuar. Fryma po më vështirësohet. Pamja po më erret ngadalë.

Teuta: Duro edhe pak! Mjeku po vjen!

Agroni: Dëshira ime e fundit është të shpëtoj mbretërinë nga pushtuesit.

Teuta: Mbretërinë nuk mund ta shpëtojmë dot pa ty! Qytetet e Apollonisë dhe të Bylisit, po vuajnë nën thundrën e pushtimit.

Agroni: Më jep pak forcë nga forca jote. Më jep pak zemër për t'u ngritur nga shtrati i vdekjes e t'i hipi kalit të fitores. (Rënkon.)

Teuta: Po nuk u shërove ti, romakët do të marrin nën kontroll krejt detin Adriatik.

Agroni: Hip në fron, Teutë! Le t'i shpalosin velat anijet liburne. Le t'i ngrejnë flamujt dhe le të fillojë lufta. Të gjithë ju, edhe pa mua, ju pret veç fitorja.

Teuta: Bëj durim. Lajmërova të vijë një mjek!

Agroni: E meritoj të vdes. Nuk të kam çmuar aq sa duhet. Sa ishe imja, asnjëherë s'ta dita vlerën. Kam qenë i ftohtë me ty. Të kam thirrur mushkë shterpë që nuk pjell, se ti nuk ma lindje dot trashëgimtarin e fronit. Tani zotat sjellin hakmarrje mbi kokën time. Ndoshta ishte gabim që e kërkova trashëgimtarin nga një grua tjetër! Sot biri im Pimi është e vetmja shpresë për Ilirët.

Teuta: (Me nostalgji) Më vjen para syve dita e parë e martesës. Kisha kaq shumë siguri sa mendova se do të më mbaje në pëllëmbë të dorës. (Pauzë) Nuk ndodhi ashtu. Ti e shkele kurorën me gra të tjera. Bëre djalë me Triteutën, kur e dije shumë mirë që ajo vinte nga një shtresë fare e ulët.

Agroni: Më duhej trashëgimtari. Kjo ishte e gjitha! Oh! E ndjej veten shumë të drobitur. Paskam qenë skllav i verës dhe i grave e i të gjitha pasioneve të tjera, që ua prishin mendjen burrave. Mbretëria po shkatërrohet dhe kjo ka për të ndodhur për shkakun tim.

Teuta: Mjaft mendove kështu.

Agroni: Mos më bëj me faj, Teutë, pse e desha një princ trashëgimtar. Iliria kish nevojë për një djalë tonin, po ti nuk mund të ma jepje.

Teuta: Të kuptoj!

Agroni: Nuk po them krejt ashtu, por di të them, që gjithnjë të kam dashur. Ti ke qenë ëndrra ime e parë, megjithëse kam qenë i detyruar të kisha një djalë me grua tjetër. (Agroni flet në delir). Lëkura jote borë e bardhë, sytë plot dritë e ëmbëlsi, buzët e tua flakë si luleshtrydhe e gusha jote e butë. Luajta me pafajësinë tënde si deshta. Etjen time të nxehtë si zjarri verbues mundet ta shuajë vetëm një grua. A mundesh të më falësh? Fale burrin tënd që të ka dashur aq shumë sa askush tjetër. A mundesh të më shohësh drejt e në shpirt me atë ëmbëlsi që më ke parë gjithmonë?

Teuta: Po dëgjoj hapa! Më duket se po vjen mjeku!

Agroni: Ç'ka mund të bëj që të më falësh? Kam nevojë për ty. Afrohu, pse më ikën ashtu? (Fillon të vjellë. Teuta i afrohet dhe përpiqet ta ndihmojë, duke i afruar një kovë dhe duke i mbajtur kokën me të dyja duart. Agroni dridhet i tëri dhe humb ndjenjat.)

Biografi

Përparim Kapllani ka lindur në Elbasan, në qytetin e Ditës së Verës, karakafteve plot aromë dhe ballakumeve të magjishme. Vetëm 14 vjeç do të largohej nga qyteti i fëmijërisë, për të veshur kapotën ushtarake të skënderbegasit. Në vitin 1990 diplomohet Oficer i Artilerisë Kundër Ajrore në Universitetin Ushtarak "Skënderbej". Disa vite më vonë diplomohet Mësues i Gjuhës Shqipe dhe Letërsisë, në Universitetin e Tiranës, në Fakultetin e Historisë dhe Filologjisë. Libri i parë apo "dashuria e parë", siç e quan Kapllani, është përmbledhja poetike " Zemrën nuk ja fal djallit"-botuar nga Shtëpia Botuese e Ushtrisë. Përmbledhja e parë me tregime "Monedha e tmerrshme" u botua nga Shtëpia Botuese "Glob". Me zjarrin e letërsisë në zemër, Kapllani ka dhënë kontributin e vet si gazetar në disa gazeta të vendit, duke përfshirë gazetën "Ushtria", të përditshmen "Shekulli", revistën "Spektër", etj. Në vitin 2000 emigron në Kanada, së bashku me familjen, duke u vendosur në Toronto, ku edhe banon prej më shumë se 20 vjetësh. Pesë vite më pas, Kapllani boton romanin e parë "Vizitorë në Had" dhe përmbledhjen e dytë me tregime "Babai në shishe", botime të shtëpisë botuese "Albin". Drama "Mbretëreshë Teuta e Ilirisë" do të përzgjidhej si një nga krijimet më të mira në konkursin mbarëkombëtar të dramës në vitin 2002, konkurs i organizuar nga Ministria e Kulturës e Shqipërisë. Disa vite më vonë Kapllani e rishkruan në anglisht dhe shumë shpejt gjen dritën e botimit. Në anglisht janë botuar edhe romanet "The Last Will", "The Wild Boars" dhe "The Thin Line". Vëllimi me tregime "Beyond the edge", si dhe libri ilustrativ për fëmijë "Queen Teuta and the little prince" janë dy krijime të tjera të arrira të z. Kapllani. Proza e tij është e përfshirë në nëntë antologji kanadeze, të botuara nga IOWI, Bookland Press, WEN, etj. Disa nga bashkëpunimet mbresëlënëse Kapllani përmend ato të zhvilluara me M.G.Vassanji-dy herë fitues i Gillerit. "Genti"- është një tjetër dramë e Kapllanit, e botuar online në platformën më të madhe elektronike www.Smashwords.com. Romani "Grimcat" është një rikthim në fëmijërinë e tij të vështirë.

Don't miss out!

Visit the website below and you can sign up to receive emails whenever P.I.Kapllani publishes a new book. There's no charge and no obligation.

https://books2read.com/r/B-A-BAINB-KFFKD

BOOKS2READ

Connecting independent readers to independent writers.

Also by P.I.Kapllani

Queen Teuta of Illyria
The Last Will
Babai në shishe
Mbretëreshë Teuta e Ilirisë
Genti
Queen Teuta and the Little Prince
Grimcat
Gentius
Mbretëresha Teuta dhe Princi i Vogël
The Thin Line

Watch for more at kapllani.com.